觀光實用日語

魏榮進 著

五南圖書出版公司 印行

本書特色

作者從事旅行業多年，以豐富的帶團經驗，以及在大專校院觀光餐旅休閒科系教授觀光日語的多年經驗，針對每週僅有二小時有限學習時間的同學們，精心研究，特別著作一本適用該科系學生，超簡單、超實用的《觀光日語快易通》入門專書。

一.超簡單：易學、易懂、易通、實用。

二.無複雜難懂的文法，句子舉一反三套用替換，享受輕鬆學習的樂趣。

三.特別針對「國際領隊」所必須具備的專業實用教材。

四.生動且實用，提高初學者興趣，讓學過而失敗者找回信心。

五.內容是當今旅遊業界的專業術語，讓學生與實際接軌而無落差。

六.本書所有句型及單字，都是目前到日本旅遊時，最實用的語句。

語言本來就是活的，本書教您如何在旅遊中「靈活應用、隨機應變」，快樂無壓力地享受旅遊樂趣。學日文沒「撇步」，只要找對課本，用對方法，要能「快、易、通」是沒問題的。

只要學會這三個詞：「すみません」「下(くだ)さい」「お願(ねが)いします」保證您可以暢遊日本不是問題。本書幾乎都在這幾句裡套用，請您不要覺得太簡單沒深度，其實簡單且超好用的套用句正

是本書的特色。不管是否曾經學過日文，只要好好套用，相信您會重新建立起學習日文的信心。這一本《觀光日語快易通》是提高您學習興趣的旅遊入門專業用書。

　　如果您對日文依然有興趣，建議您熟讀本書，建立良好的語文基礎後，可再更上一層樓地學習。

　　最後祝您「日語一路通」！

自 序

　　筆者不敢自稱是什麼專家學者，而只不過是一位旅遊界的老兵及愛好休閒旅遊的教育工作者。集三十年休閒旅遊的實務工作經驗，外文系畢業的我，把在業界多年來的研究精髓，分享給各位。

　　以一個多年從事國際領隊的角度來分析，如何快速學好外國語文？簡單地說，學習外語的觀念首先就是要能「簡單易懂」、「溝通實用」，所以「通」是本書的最大目的。其實要完成一本令人滿意的好書非常不易，要令各位學術界的先進認同與肯定更是難事。

　　本書特別著重實務的應用，所以也沒有所謂深奧艱澀難懂的文法，對於觀光、休閒科系的同學來講，本書是您最佳的觀光實用日語入門專書。本書特色是句子簡單而實用，易學、易懂、易通，單字句子都是目前觀光業界實務用語。無論在校同學或在業界的同業先進，甚至對自學觀光日語有興趣的好朋友們，把它當成護身符，我敢保證本書可以讓您一路暢通，「粉好用哦！」。

　　作者才疏學淺，著作上若有任何錯誤疏漏之處，還承蒙各界先進包涵、不吝批評賜教，使鄙人還有更成長的機會。

筆者的叮嚀

　　常常有人問我，到底「導遊」與「領隊」有什麼不同？導遊就是「guide」──「蓋的」，基本條件就是要能夠說學逗唱，上知天文下知地理，能言善道的一位「蓋仙」。至於領隊「Tour Escort」，在日本稱之為「エスコート」，是一位把本國旅客帶往國外的隨團服務人員，其工作簡單說，就是當地導遊與團員兩者之間溝通的橋梁，協助導遊的幕後工作伙伴。

　　由於旅遊市場的競爭殺價，目前在日本旅遊團的操作上，為了節省旅遊成本，大都沒派領隊隨團服務，其旅遊團皆由單獨一人從頭帶到尾，即所謂「Through Guide」（領隊兼導遊），在日本統稱之為「添乗員」，又稱之為「通訳案内士」，是一位專業的翻譯兼解說員。該員對當地的地理環境、風俗民情都要非常清楚，更要精通當地語文，以便替整團旅客做導覽、食宿與行程安排的服務。是否加派領隊服務則依團體的需求而定，如有需要還是會派遣領隊隨團服務。在不同的工作崗位，語文上的專業度與熟悉度皆各有不同。為了學習效果，就要有不同的教材及不同的學習法。

　　有很多人學那麼久的日文還是不會，「WHY」？原因很簡單，因為目前在市面上有很多專家學者編著了很多且很好的日語學習專書或語言帶，但其單字、句型也許不是您現在所需要的，在學習上難免會枯燥無味艱深難懂。本人覺得專業領隊需要專門的術語、專門的學習法，畢竟導遊與領隊所需求的語言程度有所不同，所以教學方法與課文的編排也要有所區別，不要把訓練導遊的那套資料拿來給領隊

用。如果課文內容不分，我想您學不會是應該的。筆者在旅遊業界及大學觀光科系教學多年，深深體會出：如果您不是日文系的學生，而且也不是要做研究，就沒必要學那麼複雜的文法、那麼冷門的單字與句型。一般觀光、休閒科系畢業的學生，依語文程度與需求，大約都以從事國際領隊為主要目標。如果您不是要當導遊，只要學一些本身適用的單字、片語、短句，就足可應付工作職場上的需要，因此暫時不需要有太深奧的語文程度。

要成為一位專業的日本觀光團國際領隊，只需要懂得一些基本、簡單且實用的日常術語，讓您所帶領的團員覺得您很厲害，好像日文「嘎嘎叫」就夠了。即便是自助旅行的朋友們，只要您稍用點心學習下列一些套用句型與單字。筆者敢肯定：輕輕鬆鬆暢遊日本不是問題。

現在是 E 世代，事事皆講求「快、易、通」。筆者大學日文系畢業，曾赴日研究日本語文。在旅遊業三十年經驗中，約有七百團以上的帶團經驗。當過「添乗員<ruby>添乗員<rt>てんじょういん</rt></ruby>」（導遊），也當過「エスコート」（領隊），是業界的日文老師，同時也在大學觀光科系任教。筆者集多年的帶團經驗，精心編著這一本超簡單實用的書，大家一起來吧！

「<ruby>頑張<rt>がんば</rt></ruby>って」（加油！）加油！。

這是一本教您如何「通」而不是教您如何「精」的日文。對於在校的休閒、觀光、餐旅科系學生來講，是一本非常實用的教材，也是業界實用的專業日語入門書籍，保證在工作職場上一路暢通。

日本人習慣將「抱歉、謝謝」等禮貌用語常常掛在嘴邊，在日本只要會用：

「すみません」、「<ruby>下<rt>くだ</rt></ruby>さい」、「お<ruby>願<rt>ねが</rt></ruby>いします」
這三句，保證可以暢遊日本。

　　以下我們就開始學習吧！

　　「すみません」這一句是日語的「一路通」它可以代表詢問、叫
人、道歉、感謝等，真的非常好用。

　　記得當初我到日本念書時，有一次到商店買東西，戶外飄著雪，
但是商店的門一直都關著，也沒看到店家人影，在店門口站了很久，
天氣真的很冷，又不知該怎麼辦。突然有位日本人也來買東西，他一
推開門就說「すみません」這一句，店家就很快回答「はい、はい」
地出來。等那人買完之後，我也比照同一方法說「すみません」這一
句，店家一樣也「はい、はい」地出來，當然啦！要買的東西也買到
了，真是非常好用。

　　在餐廳或咖啡屋如要招呼服務生，您也可以利用「すみません」
這句（但音調稍微拉長一點）。當服務生把您點的餐送來時，也可用
這一句「すみません」表示「謝謝」或「麻煩您了」的意思（但音調
就稍微短一點）。如果不小心碰撞到人，您也可用「すみません」表
示「對不起」。要向人問路或要請教什麼事，第一句話開口就要有禮
貌地說「すみません」來表達「對不起、打擾了」。總之，只要一句
超簡單的「すみません」就可暢遊日本一路通。

　　「どうも」這一個字與「すみません」意思相同，它也代表歉
意、謝謝等涵意，是比較輕微的「對不起」或「謝謝」之意。日本語
言中表達「長幼、輕重、上司、下屬」等分得很清楚，所以有所謂的

「敬語」。「どうも」這一個字大部分用於對平輩、晚輩或比輕微的狀況下，至於對長輩、上司、客戶就盡量不要用這句簡短語。如果您對於對方感到非常非常抱歉或感激，那就用「どうも」+「すみません」=「どうもすみません」兩句合一，表示「very sorry」或「very thank you」，是很美的表現語句。總而言之，如果怕用錯，您用「どうもすみません」就對了，因為禮多人不怪嘛！您說對不對。

筆者在旅遊業有三十年的經驗，帶過有七百多團，不管歐洲、美洲、非洲、亞洲等都去了 N 趟，大約住過全世界一千兩百多家不同的各式飯店。我自覺無論自助旅遊或隨團旅遊，不管是否從事旅遊工作，外國語文真的很重要。

有時您會問自己，我很認真，為什麼還是學不會？道理很簡單，也許因為您用錯方法，沒有找到適合您的教材及正確的學習技巧。在此我分享一些學習經驗。

因為在世界各地帶團，為了需要，筆者學會講英文、日文、廣東話，及一些基本的菲律賓話、泰國話等外國語文及方言。這是因為外文系畢業的我，對於學習外國語文一向有很濃厚的興趣。

重點是，要有正確的技巧去學習，加上持續的努力，而且臉皮要厚一點，不怕講錯。首先要學會聽→再來學習說→接下來讀→最後才進入寫，「聽、說、讀、寫」照順序學習，次序不要亂，次序一顛倒，整個學習的效果一定會大打折扣。

自然學習法非常容易，簡單地學習自然就會。

舉個例：還未上小學的小朋友，您看看他們，單字一個都看不懂，電視裡卡通影片的主題歌曲、櫻桃小丸子，哆啦A夢等中文、日文歌曲，琅琅上口。

另一例：首先表明我沒有所謂省籍情節，如果您從小就生活在講台語的環境裡，我想您自然就會一些日語，您不相信嗎？請問一下「摩托車」台語怎麼講？是的，「O-DO-BAI」日文就是「オートバイ」；生魚片台語叫做「SA-SHI-MI」，日文就是「刺身」；台語的「螺絲起子」叫做「DO-RAI-BA」，日文就是「ドライバー」；台語的「壽司」叫做「SU-SHI」，日文就是「すし」；「打火機」台語叫做「LAI-DA」，日文就是「ライター」等，因為您聽得懂所以會模仿講出來。雖然日文沒學過也看不懂，但是您會理解其意思而表達出來，等到您正式學了日文，就會豁然開朗，原來如此啊！所以自然學習法的「聽、說、讀、寫」是非常簡單易懂的學習法。

　　父母親教小孩們講話也從來沒刻意告訴他們：孩子啊！「蘋果」是名詞也是受詞，你一定要用「吃」這個動詞放在前面，「吃蘋果」。OH！不，這個句子不對、不對，因為沒有主詞，「我」是第一人稱，「您」是第二人稱，「他」是第三人稱。整個句子的標準說法應該要「主詞＋動詞＋受詞」。我想您應該不會用這種文法式教法來教小朋友，是吧？如果用這種方法來教小朋友，我想這些可憐的小朋友一定會學得如台語所說的「2266」。

　　初學者剛開始請不要太注重文法，而且不要一直在文法裡打滾，免得滾到最後興趣全沒。應該先從一些簡單而且自己感興趣的，最好是與您工作或所學的科門相關的單字、句型，開始聽（先配合語言帶）再模仿其正確發音說出來。從「單字」再「造詞」，接下來「造句」，最後「文章」，一步一腳印地學習。切記「不要還未學走路就要學著飛」，慢慢來。

　　分享我學廣東話的經驗。我是道地的台南人而不是廣東人。我從

一個教廣東話的老師那裡學四個鐘頭的廣東話，再聽四個鐘頭的錄音帶。把發音用最熟悉而且最正確、最標準的注音記下來，您也可以用英文、日文、台語、國語等的標準發音記錄起來，然後模仿去說。千萬不要怕說錯。我們是外國人，說錯是應該的，通通沒有錯才奇怪。而且要厚臉皮地大聲開口說，不懂就馬上問對方正確的說法，一再反覆練習，不到一個月，我大約可以講 70% 的廣東話。

其次，學習外文一定要有樂觀的心情，而不能有悲觀的心理，否則學不到一、兩個星期，我想您就會放棄。何謂樂觀與悲觀的想法？例如您今天學了十個單字，明天忘了九個，明天再學十個，後天又忘了九個，一直類推，結果每天只懂一個單字。

悲觀的想法：每天很認真地學了十個單字，但是忘了九個，心情很不好地認為自己怎麼這樣笨呢？頭腦怎麼這樣差呢？每天怪東怪西的，我想過不了多久，在壞心情下很快就放棄了。

樂觀的想法：雖然每天很認真地學了十個單字而忘掉九個，但是心想還不錯啊！今天還多懂了一個新單字，因為昨天都還不懂呢！今天能比昨天厲害就 OK 了。學十個懂一個還不錯，如果繼續下去，一年就多了三百六十五個新單字。有這樣的心理，學習就越來越有興趣。學習中同樣只懂一個新單字，但是不同的兩樣情，也就會有不同的成就。

我常常建議學生，學習最終的目標是看結果而不是問過程，是問您到底懂多少而不是問您到底學多少。學習上「學得多懂得少」，不如「學得少而懂得多」有用。買外語課本越簡單越好，簡單的先學會之後再更深一層學習，學習就像棉花糖一樣，越滾越多。剛開始不要買了一大本艱深難懂的課本，然後學沒有多久就它擺在書櫃當裝飾品。

日語五十音的基本概念

學日文的基本概念，五十音標一定要先學會，雖然學五十音很枯燥無味，但無論如何一定要忍耐，只要學會了，往後在學習上，您就可以零障礙地一路通，加油吧！

一、關於日文

日本文字可分為「漢字」與「假名」兩種：

㈠日文漢字

分為傳統的中國文字，稱為「中國漢字」、「簡化漢字」；與日本自創的文字，稱為「和製漢字」三種。漢字於 1946 年日本文字改革中，簡化為 1850 字，稱為「當用漢字」。

1. 中國漢字如：溫泉、東京、富士山等。
2. 簡化漢字如：学校、駅、自転車、図書館等。
3. 和製漢字如：峠、凧、躾、尻等。

㈡假名

有「平仮名」和「片仮名」兩種：

1. 平假名：源自中國漢字草書，為平常書寫字體。如：あ、か、さ、た、な等。
2. 片假名：源自中國漢字偏旁，多用於外來語、擬聲語等。如：ア、カ、サ、タ、ナ等。

二、日語讀音

分為「音讀」與「訓讀」兩種：

1. 音讀：模仿中國漢字讀音，如：電車（でんしゃ）、日本酒（にほんしゅ）、美人（びじん）。

2. 訓讀：日本傳統的讀音，如：母（はは）、車（くるま）、酒（さけ）、恋人（こいびと）。

(一)平仮名（ひらがな）：清音（せいおん）　発音（はつおん）と仮名（かな）　◎01

	あ行	か行	さ行	た行	な行	は行	ま行	や行	ら行	わ行	ん
あ段	あ a	か ka	さ sa	た ta	な Na	は ha	ま ma	や ya	ら ra	わ wa	ん n
い段	い i	き ki	し shi	ち chi	に Ni	ひ hi	み mi		り ri		
う段	う u	く ku	す su	つ tsu	ぬ Nu	ふ hu	む mu	ゆ yu	る ru		
え段	え e	け ke	せ se	て te	ね ne	へ he	め me		れ re		
お段	お o	こ ko	そ so	と to	の No	ほ ho	も mo	よ yo	ろ ro	を wo	

	ア行	カ行	サ行	タ行	ナ行	ハ行	マ行	ヤ行	ラ行	ワ行	ン
ア段	ア a	カ ka	サ sa	タ ta	ナ na	ハ ha	マ ma	ヤ ya	ラ ra	ワ wa	ン n
イ段	イ i	キ ki	シ shi	チ chi	ニ ni	ヒ hi	ミ mi		リ ri		
ウ段	ウ u	ク ku	ス su	ツ tsu	ヌ nu	フ hu	ム mu	ユ yu	ル ru		
エ段	エ e	ケ ke	セ se	テ te	ネ ne	ヘ he	メ me		レ re		
オ段	オ o	コ ko	ソ so	ト to	ノ no	ホ ho	モ mo	ヨ yo	ロ ro	ヲ wo	

㈢濁音と半濁音 ◎01

が行		ざ行		だ行		ば行		ぱ行	
が ga	ガ ga	ざ za	ザ za	だ da	ダ da	ば ba	バ ba	ぱ pa	パ pa
ぎ gi	ギ gi	じ zi	ジ zi	ぢ zi	ヂ zi	び bi	ビ bi	ぴ pi	ピ pi
ぐ gu	グ gu	ず zu	ズ zu	づ zu	ヅ zu	ぶ bu	ブ bu	ぷ pu	プ pu
げ ge	ゲ ge	ぜ ze	ゼ ze	で de	デ de	べ be	ベ be	ぺ pe	ペ pe
ご go	ゴ go	ぞ zo	ゾ zo	ど do	ド do	ぼ bo	ボ bo	ぽ po	ポ po

か 行	きゃ kya	キャ kya	きゅ kyu	キュ kyu	きょ kyo	キョ kyo
が 行	ぎゃ gya	ギャ gya	ぎゅ gyu	ギュ gyu	ぎょ gyo	ギョ gyo
さ 行	しゃ sya	シャ sya	しゅ syu	シュ syu	しょ syo	ショ syo
ざ 行	じゃ zya	ジャ zya	じゅ zyu	ジュ zyu	じょ zyo	ジョ zyo
た 行	ちゃ cya	チャ cya	ちゅ cyu	チュ cyu	ちょ cyo	チョ cyo
な 行	にゃ nya	ニャ nya	にゅ nyu	ニュ nyu	にょ nyo	ニョ nyo
は 行	ひゃ hya	ヒャ hya	ひゅ hyu	ヒュ hyu	ひょ hyo	ヒョ hyo
ば 行	びゃ bya	ビャ bya	びゅ byu	ビュ byu	びょ byo	ビョ byo
ぱ 行	ぴゃ pya	ピャ pya	ぴゅ pyu	ピュ pyu	ぴょ pyo	ピョ pyo
ま 行	みゃ mya	ミャ mya	みゅ myu	ミュ myu	みょ myo	ミョ myo
ら 行	りゃ rya	リャ rya	りゅ ryu	リュ ryu	りょ ryo	リョ ryo

㈤發音技巧的應用規則

1. 清音あ行有五個假名：（あ）--a（い）--i（う）--u
（え）--e（お）--o，全部是母音。母音與母音加在一起同樣
各自一個音拍（上），其餘各行以子音加母音拼讀而成（柿）
（kaki），「清音」、「濁音」（乗り場）都是一個音拍，
「拗音」雖是兩個子音加一個母音，同樣也是一拍（旅行）。

2. 兩個母音或三個相連一起時，每個字各一音拍（青<ruby>い<rt>あお</rt></ruby>）

有時各自跟前後子音合成一個音拍（会員<rt>かいいん</rt>）。

3. 鼻音ん的發音法，都在單字中間或字尾，跟其他假名一起發音（現金<rt>げんきん</rt>）（千円<rt>せんえん</rt>）。

4. 促音っ的發音法，凡是出現小（っ）就是促音，只要有它時，

發音要稍微停頓一拍（ちょっと待<rt>ま</rt>って）（一本<rt>いっぽん</rt>）。

5. 長音的發音法，凡是（あ）--a（い）--i（う）--u（え）--e

（お）--o，與子音連成一體後再加一母音（東京<rt>とうきょう</rt>）。

咖啡（コーヒー），啤酒（ビール），因為每個字母後加一

橫，所以發長音。

詳細請參考日語五十音發音技巧書籍。

CONTENTS
目 錄

PART 1

基本套用句練習

首先我想向各位朋友分享個人學習外語的經驗：

第一、學習語言的步驟應該是由簡而難，先從單字開始，接著是造詞，再是造句，最後是寫文章。如果一開始步驟錯了，學習上會碰到困難而且進步也有限，到最後甚至導致興趣缺缺，中斷學習而放棄。

第二、先從自己有興趣的領域方面開始，選擇比較適合自己的課本，如果選錯課本，我想您在學習上一定會由於枯燥無味而提不起興趣。

所以在學習觀光基本用語之前，首先應該要學會一些相關的基本實用單字。先從單字開始學習，接下來造詞，再學造句。相信我，只要按照我的方法，不要間斷地腳踏實地，一步一步來，保證很容易且很快就會學得很好。OK，頑<ruby>張<rt>がんば</rt></ruby>って加油！加油！我們就開始吧！

基本パート（會話基礎篇） 🎧02

<ruby>私<rt>わたし</rt></ruby> 我	私たち 我們
<ruby>貴方<rt>あなた</rt></ruby> 您	<ruby>貴方<rt>あなた</rt></ruby>たち　<ruby>貴方方<rt>あなたがた</rt></ruby> 您們
<ruby>彼<rt>かれ</rt></ruby> 他	<ruby>彼<rt>かれ</rt></ruby>ら 他們
<ruby>彼女<rt>かのじょ</rt></ruby> 她	<ruby>彼女<rt>かのじょ</rt></ruby>ら 她們
この<ruby>方<rt>かた</rt></ruby> 這位	あの<ruby>方<rt>かた</rt></ruby>　その<ruby>方<rt>かた</rt></ruby> 　那位　　　那位
はい 是的	いいえ 不是
ありがとう 謝謝	すみません 對不起
ごめんなさい 抱歉	おはよございます 早安
こんにちは 午安	こんばんは 晚安
さようなら 再見	わかりました 明白了
わかりません 不明白	これは<ruby>何<rt>なん</rt></ruby>ですか 這是什麼東西
いくらですか 多少錢	はじめまして、<ruby>私<rt>わたし</rt></ruby>は<ruby>林<rt>りん</rt></ruby>です 您好，我姓林
どうぞよろしくお<ruby>願<rt>ねが</rt></ruby>いします 請多多指教	こちらこそ、どうぞよろしくお<ruby>願<rt>ねが</rt></ruby>いします 彼此彼此，請多多指教

第一單元　数字（數字）　✐03

首先由最簡單的數字開始吧！

いち	に	さん
一	二	三
し（よん）＊	ご	ろく
四	五	六
しち（なな）＊	はち	く（きゅう）＊
七	八	九
じゅう	じゅういち	じゅうに
十	11 十一	12 十二
じゅうさん	じゅうよん	じゅうご
13 十三	14 十四	15 十五
じゅうろく	じゅうなな／じゅうしち	じゅうはち
16 十六	17 十七	18 十八
じゅうきゅう（じゅうく）＊	にじゅう	にじゅういち
19 十九	20 二十	21 二十一
にじゅうに	さんじゅうさん	よんじゅうよん
22 二十二	33 三十三	44 四十四
ごじゅうご	ろくじゅうろく	ななじゅうなな
55 五十五	66 六十六	77 七十七
はちじゅうはち	きゅうじゅうきゅう	れい（ゼロ）＊
88 八十八	99 九十九	0 零
ひゃく	にひゃく	さんびゃく
100 百	200 二百	300 三百

よんひゃく 400 四百	ごひゃく 500 五百	**ろっぴゃく** 600 六百
ななひゃく 700 七百	**はっぴゃく** 800 八百	きゅうひゃく 900 九百
せん 1,000 千	にせん 2,000 二千	**さんぜん** 3,000 三千
よんせん 4,000 四千	ごせん 5,000 五千	ろくせん 6,000 六千
ななせん 7,000 七千	**はっせん** 8,000 八千	きゅうせん 9,000 九千
いちまん 10,000 一萬	にまん 20,000 二萬	さんまん 30,000 三萬
よんまん 40,000 四萬	ごまん 50,000 五萬	ろくまん 60,000 六萬
ななまん 70,000 七萬	はちまん 80,000 八萬	きゅうまん 90,000 九萬
じゅうまん 100,000 十萬	ひゃくまん 1,000,000 百萬	せんまん 10,000,000 千萬

「＊」代表有兩種念法。

1. 數字非常重要，因為在日本旅遊，每天都要接觸到錢，所以數字一定要學，而且要很用心學。

2. 注意黑色加重的字表示「音變」，是日文的特色。

3. 在日本旅遊時，每天都要用到錢，所以首先我們要學一些日本的貨幣單元。

4. 日本貨幣分為紙幣與硬幣：

   紙幣為：一萬元、五千元、二千元、一千元共四種。

   硬幣為：五百元、百元、五十元、十元、五元、一元等共六種。

   其中一千元紙鈔、百元與十元硬幣最通用，無論買車票或自動販賣機買東西都很好用。

日語的表達方式：

一、札（紙鈔） ⊘03

いちまんえん 一万円 一萬元	ご せんえん 五千円 五千元
に せんえん 二千円 二千元（市面上較少用）	せんえん 千円 千元

二、硬貨（コイン）（硬幣） ⊘03

ご ひゃくえん 五百円 五百元	ひゃく えん 百 円 百元
ご じゅうえん 五十円 五十元	じゅう えん 十 円 十元
ご えん 五円 五元	いちえん 一円 一元

硬幣日文又稱為「玉」，「五円」因為發音和「御縁」（有緣）相同，意思是與神有緣，可在神社與神結緣，所以上神社拜拜時廣為使用。

日圓 ¥ にほんえん 日本円	美金 $ ドル	新台幣 NT$ たいわんげん 台湾元

第二單元　出発（出境）　◎04

　　上飛機之前在機場需辦妥登機手續再出境，所以應學一些登機前的實用單字：

一、登機前實用單字

こうくうがいしゃ 航空会社のカウンター 航空公司櫃台	チェックイン 辦理登機
とうじょうぐち 搭乗口 登機門	とうじょう ゲート　搭乗ゲート 登機門
ターミナル 航廈、轉運站	の　つ トランジット（乗り継ぎ） 轉機
こくさいせん 国際線 國際線	こくないせん 国内線 國內線
しゅっぱつ 出発ロビー 出境大廳	とうちゃく 到着ロビー 入境大廳
しゅっぱつち 出発地 出發地	もくてきち 目的地 目的地

二、基本套用句

㈠ 名詞 ＋はどこですか？

　　名詞 在哪裡？

　　は：在這裡發音為 wa，是提示助詞，表是敘述的主題，而不是念 ha 的音，意思有如英文的 I am 或 It is 的 am、is。

1. すみません、 国際線 はどこですか？
   對不起，國際線在哪裡？
2. ゲート はどこですか？
   登機門在哪裡？

三、登機實用單字

ちょっこうびん 直行便 直飛班機	フライト 飛機班次
こうくうけん 航空券　チケット 機票	とうじょうけん 搭乗券 登機證
いちばんはやびん 一番早い便 最早班機	じこくひょう 時刻表 航班時刻表
つぎびん 次の便 下一班機	かえびん 帰りの便 回程機位
まんせき 満席 客滿	くうせき 空席 空位

パスポート 護照	ビザ 簽證
ビジネスクラス 商務艙	エコノミークラス 經濟艙
ファーストクラス 頭等艙	グレードアップ 升等
手荷物（てにもつ） 手提行李	キャンセル待ち（ま） 候補

1. この便（びん）は満席（まんせき）です。

　　這班飛機是客滿。

2. この：這個

　　便（びん）：班機

(一) 名詞 ＋は有（あ）りますか。

有□嗎？

這一句非常好用請好好記住。

有（あ）ります：有，表示肯定

か：嗎？表示疑問

1. 空席（くうせき）は有（あ）りますか？

　　有空位嗎？

2. ビザ は有（あ）りますか？

　　有簽證嗎？

3. 空席（くうせき）は有（あ）りません。

　　有（あ）りません：沒有，表示否定

㈡ 名詞 + を + お願$_{ねが}$いします。

麻煩請給我□。

を 是格助詞，表示動作的目的、對象，簡單說就是動詞與名詞之間溝通的橋梁，在日文裡的表達，動詞永遠都在名詞後方，中間用一個 を 把句子串起來，所以 をお願$_{ねが}$いします 或 を下$_{くだ}$さい 一定要把它連在一起並好好地背起來，而且還要琅琅上口。

1. パスポート をお願$_{ねが}$いします。

   麻煩請給我護照。

2. ビジネスクラス をお願$_{ねが}$いします。

   麻煩請給我商務艙。

   也可以用「を下$_{くだ}$さい」

㈢ 名詞 + を下$_{くだ}$さい。

請給我□。

1. パスポート を下$_{くだ}$さい。

   請給我護照。

2. ビジネスクラス を下$_{くだ}$さい。

   請給我商務艙。

四、機艙實用單字

窓際$_{まどぎわ}$の席$_{せき}$　窓側席$_{まどがわせき}$ 靠窗位置	通路側席$_{つうろがわせき}$ 靠走道位置
前方$_{ぜんぽう}$の席$_{せき}$ 前面座位	後方$_{こうほう}$の席$_{せき}$ 後面座位

隣<ruby>とな</ruby>りの席<ruby>せき</ruby> 隔壁座位	禁煙席<ruby>きんえんせき</ruby> 禁菸座位

(一) 名詞 + にして下<ruby>くだ</ruby>さい。

請幫我做□。

1. 窓際の席<ruby>まどぎわ</ruby><ruby>せき</ruby> にして下<ruby>くだ</ruby>さい。

請給我靠窗座位。

2. 禁煙席<ruby>きんえんせき</ruby> にして下<ruby>くだ</ruby>さい。

請給我禁菸座位。

3. 友達と隣<ruby>ともだち</ruby><ruby>とな</ruby>りの席<ruby>せき</ruby> にして下<ruby>くだ</ruby>さい。

請幫我的座位和朋友排在一起。

友達<ruby>ともだち</ruby>：朋友

と：和

友達と一緒<ruby>ともだち</ruby><ruby>いっしょ</ruby>にお願<ruby>ねが</ruby>いします。

麻煩幫我跟朋友排在一起。

一緒<ruby>いっしょ</ruby>：一起

(二) 用比較簡單的說法也 OK 啦！

1. 窓際の席<ruby>まどぎわ</ruby><ruby>せき</ruby> をお願<ruby>ねが</ruby>いします。

麻煩請給我靠窗位子。

2. 窓際の席<ruby>まどぎわ</ruby><ruby>せき</ruby> を下<ruby>くだ</ruby>さい。

請給我靠窗位子。

五、其他常用句子

1. フライト を変更したいのですが。

が 這個字是日本人很常用的委婉的詢問詞，表示我想要這樣做，但不知對方同意不同意的意思。

是一個很漂亮的用法。

我要變更班機。

変更：變更

2. 帰リの便 を変更したいのですが。

我要更改回程機位。

したいのです：想要

3. フライトを キャンセルします 。

我要取消班機。

キャンセル：取消

します：是原形動詞する的敬語

暫時不要管文法對不對、反正把「お願いします」套進去，能通才是最要緊的，現在教您「一句通」的用法。

1. フライトを キャンセル 、お願いします。

我要取消機位，麻煩您。

2. フライトを キャンセル待ち 、お願いします。

我要候補機位，麻煩您。

第三單元　機内（飛機上）　🔊05

<ruby>機内<rt>きない</rt></ruby>

　　目前由台灣飛往日本的航空公司有很多家，如果搭乘中華、長榮及其他台灣航空公司的包機，在機上都使用中文，只有日本航空公司（JAL）及全日空航空公司（ANA）以日文為主，但機上都會配有講中文的空服員。旅遊團體座位大致安排在機艙後段。也許您會碰到台籍空服員，但如果碰上的是日籍空服員也不用擔心，因她們多少會一點點中文，所以溝通上應該沒什麼問題。如果搭乘日本國內線飛機，所有的空服員都講日文。無論如何，領隊的您，我想多少還是懂一點日文比較好吧！。

　　首先，「當您搭乘飛機起飛前，會聽到「シートベルトを締めてください」或「安全ベルトを締めてください」，意思是請把安全帶綁好。「シートベルト」（安全帶）「締めてください」（請綁起來）」。飛機要起飛了，座位上的頭燈會亮「禁煙」，就是不能吸菸。起飛後，機艙空服員就會開始服務飲料，然後再提供餐點，學一些機上配備用語的單字是必要的。

一、飛行中實用單字與句型

<ruby>乗務員<rt>じょうむいん</rt></ruby> 空服員	キャプテン　<ruby>機長<rt>きちょう</rt></ruby> 機長

現地時間（げんちじかん） 當地時間	時差（じさ） 時差
シートベルト 安全帶	救命胴衣（きゅうめいどうい） 救生衣
席（せき） 座位	席番号（せきばんごう） 座位號碼
非常口（ひじょうぐち） 緊急出口	お手洗い（てあら）　トイレ 廁所

1. すみません、私（わたし）の席（せき）はどこですか？

   請問我的座位在哪裡？

   有時也可以用簡單的說法，就是把您的登機證拿給空服人員

   看，而用「お願（ねが）いします」其意思是，麻煩請您告訴我，我的

   座位在哪裡。

2. すみません、席（せき）をお願（ねが）いします。

   對不起，麻煩一下座位在哪裡。

3. トイレはどこですか？

   廁所在哪裡？

   在機上如要上洗手間時，首先要注意燈號為使用中（しようちゅう）（使用中）

   或空（あ）き（無人）。

   現在來學一些飛機上常提供的餐點單字，只要懂得這些，相信在

   日本航空的飛機上一定難不倒您的。

二、お飲み物（飲料）

オレンジジュース 柳橙汁	トマトジュース 番茄汁
コーヒー 咖啡	コーラ 可樂
ウーロン茶 烏龍茶	日本茶 日本茶
紅茶，ティー 紅茶（Tea）	緑茶 緑茶
ワイン 紅酒或白酒	ウイスキー 威士忌
赤ワイン 紅酒	白ワイン 白酒
ビール 啤酒	おつまみ 花生之類的小零嘴
生ビール 生啤酒	水割り 威士忌加水
アップルジュース / りんごジュース 蘋果汁	ミルク，牛乳 牛奶
水 白開水	お湯 溫開水
砂糖 糖	氷　アイス 冰

三、お食事（用餐）

牛肉　ビーフ 牛肉　Beef	豚肉（ポーク） 豬肉　Pork

<ruby>魚<rt>さかな</rt></ruby> 魚	<ruby>鶏肉<rt>とりにく</rt></ruby> チキン 雞肉
そば 喬麥麵	<ruby>ご飯<rt>はん</rt></ruby> ライス 飯

四、基本實用句子套用練習

日語最基本句型：

(一) 名詞 + です。（肯定句）

<ruby>日本茶<rt>に ほんちゃ</rt></ruby> です。

日本茶。（意思是我要喝日本茶）

(二) 名詞 + ですか？（疑問句）

這個「か」是疑問詞。

<ruby>日本茶<rt>に ほんちゃ</rt></ruby> ですか？

是日本茶嗎？

(三) 名詞 + は + です。（肯定句）

這裡的は發音為（wa），它是助詞，很重要而且常常都會碰到。

(四) 名詞 + は + 名詞 ですか？（疑問句）

飲料服務或用餐時間，空服員會問您：

1. <ruby>日本茶<rt>に ほんちゃ</rt></ruby> はいかがですか？

日本茶 需不需要呢？

這裡的は發音為（wa），它是助詞，很重要而且常常都會碰到。

2. ……+はいかがですか？

……需不需要呢？

「いかが」表示「是不是需要」的意思，日本是一個很講求禮貌的國度，語言表達時，上下有別、長幼有序，尤其服務人員的表達詞要很有禮貌，平常與一般的平輩的朋友講話，只要用「名詞＋ですか」即可，而不必用到「いかがですか」的表達法。

3. お水（みず）はいかがですか？

水需不需要呢？

お水（みず）裡的お是敬語。

把□裡的單字替換套用即可。

有時機上服務人員會用另一種語句問您要喝什麼

何（なに）かお飲（の）みになりますか？

需要喝些什麼飲料呢？

回答時可用簡單句型：

1. お水（みず）です。

是水。（意思是我要水）

2. コーラです。

可樂。（意思是我要喝可樂）

五、機內需求與販賣

嘔吐袋（おうとふくろ） 乗（の）り物（もの）酔（よ）い袋（ふくろ） 嘔吐袋	手荷物棚（てにもつだな） 行李櫃	枕（まくら） 枕頭

もうふ 毛布 毛毯	よ だ 呼び出しボタン 服務鈴	どくしょとう 読書灯 閱讀燈
イヤホン 耳機	き ないはんばい 機内販売 機内販賣	カタログ 型錄
タバコ 香菸	こうすい 香水 香水	めんぜいひん 免税品 免稅品
しんぶん 新聞 報紙	ざっ し 雑誌 雜誌	トランプ 撲克牌
け しょうひん 化粧品 化妝品		

六、實用句型

(一) ┄┄┄ + を + 下^{くだ}さい。

請給我┄┄┄，也就是說我要什麼東西。

を 這個格助詞非常重要，一定要記住與下^{くだ}さい或お願^{ねが}いします
連著一起用。

1. 枕^{まくら}を下^{くだ}さい。

我要枕頭。

2. 牛肉^{ぎゅうにく}を下^{くだ}さい。

我要牛肉。

(二) ┄┄┄ + を + お願^{ねが}いします。

麻煩請給我┄┄┄。

タバコ をお願（ねが）いします。

　　麻煩請給我香菸。

　　再說一次，把以上所學的單字套入基本的句型就 OK 了，您看看日文是不是很簡單，只要有好的學習法，讓您重新找回學習的信心，一路暢通是沒問題的啦！

　　您是否注意到，以上有很多單字的發音都是由英文及其他外國語文來的。這就是目前日本廣泛使用「外來語」所造成的。只要您的英文稍有一點底子，相信您的外來語會使用得很順暢。但是要用日式的發音（英語發音不要太標準，有一點糊糊的，那就對了），如果英語發音太標準，恐怕他們反而聽不懂，哈！哈！哈！

第四單元　入国審査と税関（入境及海關）　⌀06

一、入国手続きの流れ（**入境手續的流程**）

にゅうこく て つづ　なが

到着→検疫→入国審査→荷物受け取り→税関→到着ロビー

とうちゃく　けんえき　にゅうこくしんさ　にもつう　と　ぜいかん　とうちゃく

到達→檢疫→入境審查→領取行李→通過海關→入境大廳

二、入境實用單字

たいざい よ てい 滞在予定 預定停留時間	いっしゅうかん 一週間 一星期
かんこう 観光 觀光	し ごと 仕事 工作
りゅう がく 留学 留學	かい ぎ 会議 會議
だんたい　だんたいりょこう 団体ツアー / 団体旅行 團體觀光	こ じんりょこう 個人旅行 個人觀光
ビジネス 商務旅行	にゅう こくしん さ 入国審査 入境證照查驗
と こうしょうめいしょ 渡航証明書 入境許可證明書	ビザ 簽證
に もつけん さ 荷物検査 行李檢查	しんこく　もの 申告する物 申報物品
み まわ ひん 身の回り品 隨身物品	プレゼント 禮物

しょく ぶつ 植 物 植物	どうぶつ 動物 動物
パソコン 電腦	カメラ 照相機
めんぜいひん 免税品 免稅品	か ぜいひん 課税品 課稅品
かんぽうやく 漢方薬 中藥	じょう ようやく 常 用薬 日常用藥
げんきん 現金 現金	トラベラーズチェック 旅行支票

三、基本實用句子套用練習

(一)入境的官員也許會問您

　1. 滞在の目的は何ですか？
　　たいざい　もくてき　なん

　　停留的目的是什麼？

　　您可回答：

　2. 観光です。
　　かんこう

　　是觀光。

　3. 留 学です。
　　りゅうがく

　　是留學。

(二)如果您是自遊行的旅客，海關可能會問您

　1. 個人旅行ですか？
　　こ じんりょこう

　　是個人觀光嗎？

　　如果是請回答：

2. はい、そうです。

   是的。

   如果您是跟團體旅客一起來，那就回答：

3. いいえ、団体ツアー（Tour 旅行團）。

   不、是團體觀光。

4. 簡易應答：

   「はい」是的。

   「いいえ」不是。

㈢海關有時會問您要待多久

1. 滞在予定はどのくらいですか？

   預定待多久呢？

   どのくらいですか：大約多久呢？

   您可回答：

2. 一週間です。

   一星期。

   □裡可套用時間的變化

3. 五日間です。

   五天。

   也可以這樣講：

4. 五日です。

   五天。

   現在到日本旅遊大約有 80% 以上的團體都排五天的行程，所以「五天」這個單字非常重要。

㈣有時海關或移民局會問您住哪裡，就可以用下列句子回答

1. この住所に滞在します。

   我住在這個地址。

2. このホテルに宿泊します。

   我住在這個飯店。

四、領取行李

當團員全部通過入境手續後，領隊首先要確認所有團員的行李是否都有拿到，如果沒有，就要找出失落的那個クレームタグ（行李託運單），請所搭乘航空公司的地勤人員幫助。日文怎麼表達呢？

1. すみません、 荷物受け取り はどこですか？

   對不起，行李領取處在哪裡？

2. 荷物が見つかりません。

   行李沒有看到。

   荷物：行李

   見つかりません：沒看到

   這一句很重要，但希望不要常用，否則您一定會很辛苦。

3. 荷物がまだ出て来ません。

   行李還沒出來。

   出て来ません：沒出來

如果行李有破損時也要提出異議，怎麼表達呢？首先要提出行李託運單給他們看。

1. これが私のクレームタグです。

　　這個是我的行李託運單。

2. クレームタグ をなくしました。

　　行李託運單遺失了。

　　クレームタグ：行李託運單

　　なくしました：遺失了

3. 荷物(にもつ)をなくしました。

　　行李遺失了。

4. スーツケース が破損(はそん)しています。

　　行李箱有破損。

　　スーツケース：行李箱

5. 荷物(にもつ) が破損(はそん)しています。

　　行李有破損。

　　如果海關對您的行李有疑問，可能會問您：

1. これは何(なん)ですか。

　　這個是什麼東西。

　　這句話很好用，請好好記住。

2. 私(わたし)の身(み)の回(まわ)り品(ひん) です。

　　我的隨身物品。

3. 友人へのプレゼント です。

給朋友的禮物。

プレゼント：禮物

4. 個人用の 薬 です。

個人用的日常藥品。

如果是違禁品海關會說：

1. これ は持ち込み禁止です。

這個是禁止帶入。

これ：這個（これ是代名詞）

2. 植物 は持ち込み禁止です。

植物是禁止帶入。

現在分享一個帶團通關的小技巧。當所有團員的行李 OK 之後，團員全部一起走。日本海關人員看到您們是團體，通過海關會比較方便，否則客人零零散散走，有時日本海關人員會找客人問東問西的，造成不必要的困擾。

第五單元　到着ロビー（入境大廳）　⊘07

　　到達日本空港（機場）時，因為長途的飛行，旅客會急著上廁所。依經驗，領隊最好在飛機抵達前三十分鐘，請客人在下飛機前先在機上上洗手間。因為一下飛機人潮洶湧，只要有人上洗手間，就會耽誤團體辦理入境手續的時間。如果真有需要，建議客人最好確定通過入境關卡後，利用在行李轉盤處等待提取行李的時間上洗手間，這樣可以幫團體節省很多時間。

　　到入境大廳，就可以見到當地導遊拿著本團名稱的接待牌，在入境大廳等候所有團員。領隊打招呼後就把旅客交給他，領隊第一階段的工作就暫告一段落。客人先上車，領隊與導遊協助司機把行李搬入車內。在這裡告訴您一個經驗。日本司機都會很用心並且很和氣地把旅客所有的行李搬進車內，記得提醒客人把貴重物品（如護照、機票、錢包、照相機等）隨身攜帶，而勿放在大件行李裡面，以防遺失。出門在外旅遊，身體健康很重要，尤其天氣的轉變很快，早晚溫差變化大，薄夾克要隨身帶著，免得有急需時翻箱倒櫃而造成彼此的麻煩。

　　在團體還沒見到添乗員（local guide 當地導遊）時，領隊或自助旅遊者，應該要懂一些入境後的基本用語。

一、入境後實用單字

出発ロビー （しゅっぱつ） 出境大廳	到着ロビー （とうちゃく） 入境大廳
地下鉄 （ちかてつ） 地下鐵	JR 日本鐵路
レンタカー 租約車	レンタカー予約 （よやく） 預約租車
リムジンバス 機場巴士	シャトルバス 機場至過境旅館交通車
バス停　バス乗り場 （てい）　（のば） 巴士站	タクシー乗り場 （のば） 計程車招呼站
入口 （いりぐち） 入口	出口 （でぐち） 出口
国際空港 （こくさいくうこう） 國際機場	国内空港 （こくないくうこう） 國內機場
案内所 （あんないじょ） 遊客詢問處	観光情報センター （かんこうじょうほう） 觀光詢問處
免税店 （めんぜいてん） 免税店（dutyfree）	トイレ　お手洗い （てあら） 廁所（洗手間）
外貨両替所 （がいかりょうがえじょ） 外幣兌幣處	公衆電話 （こうしゅうでんわ） 公用電話
国際電話 （こくさいでんわ） 國際電話	食堂　レストラン （しょくどう） 餐廳
お土産店 （みやげてん） 土產店	交番 （こうばん） 派出所
旅客ターミナル （りょきゃく） 旅客轉運站	切符売場　チケット売場 （きっぷうりば）　（うりば） 電車、巴士售票處

かんこう 観光パンフレット 觀光小冊子	かんこうち ず 観光地図 觀光地圖
しないち ず 市内地図 市内地圖	しがいち ず 市街地図 市街地圖
ぎんこう 銀行 銀行	たくはい 宅配 快遞、宅配

1. かんこうち ず くだ
観光地図 を下さい。

　請給我觀光地圖。

2. しがいち ず ねが
市街地図 をお願いします。

　麻煩請給我市區地圖。

二、基本實用句型套用練習

(一) 名詞 はどこですか？

　…… 在哪裡呢？

1. バス停はどこですか？

   巴士站在哪裡呢？

2. レストランはどこですか？

   餐廳在哪裡呢？

3. 切符売場はどこですか？

   車票販賣處在哪裡呢？

4. 外貨両替所はどこですか？

   外幣兌換處在哪裡？

(二)これを現金に替えてください。

這個請兌換為……。

に是格助詞，表示動作，作用所進行的地點、時間、方向等。

1. これを現金に替えてください。

   這個請兌換為現金。

2. これを日本円に替えてください。

   這個請兌換為日幣。

3. これをドルに替えてください。

   這個請兌換為美金。

4. これを台湾元に替えてください。

   這個請兌換為台幣。

三、也可以用不同的講法

(一)名詞は有りますか？

   有□嗎？

<ruby>免税店<rt>めんぜいてん</rt></ruby>は<ruby>有<rt>あ</rt></ruby>りますか？

有免稅店嗎？

把□裡的單字替換套用即可

日本電車票的購買全部都是無人服務的自動化機器，使用日幣一萬元或一千元紙鈔，機器會自動找零錢，非常方便。

四、購買車票實用單字與句型

<ruby>大人<rt>おと な</rt></ruby> 大人	<ruby>子供<rt>こ ども</rt></ruby> 小孩
<ruby>回数券<rt>かいすうけん</rt></ruby> 回數票	<ruby>一日乗車券<rt>いちにちじょうしゃけん</rt></ruby> 一日乘車優惠券
<ruby>取<rt>と</rt></ruby>り<ruby>消<rt>け</rt></ruby>し 取消	<ruby>呼<rt>よ</rt></ruby>び<ruby>出<rt>だ</rt></ruby>し 喚人的服務按鈕
<ruby>出入<rt>で い</rt></ruby>り<ruby>口<rt>ぐち</rt></ruby> 出入口	<ruby>改札<rt>かい さつ</rt></ruby> 剪票口
<ruby>乗<rt>の</rt></ruby>り<ruby>換<rt>か</rt></ruby>え 換車轉車	ホーム　<ruby>番線<rt>ばんせん</rt></ruby> 月台

1. <ruby>東京<rt>とうきょう</rt></ruby><ruby>行<rt>ゆ</rt></ruby>きはどのホームですか？

   往東京方向是第幾月台？

   <ruby>行<rt>ゆ</rt></ruby>き：往哪邊

   どのホーム：哪個月台

2. <ruby>東京<rt>とうきょう</rt></ruby><ruby>行<rt>ゆ</rt></ruby>きは<ruby>何番線<rt>なんばんせん</rt></ruby>ですか？

   往東京方向是幾號月台？

何番線：幾號月台
<ruby>何番線<rt>なんばんせん</rt></ruby>

3. <ruby>東京<rt>とうきょう</rt></ruby>へ3<ruby>番線<rt>ばんせん</rt></ruby>です。

   往東京方向是三號月台。

4. <ruby>東京<rt>とうきょう</rt></ruby>へ3<ruby>番<rt>ばん</rt></ruby>ホームです。

   往東京方向是第三月台。

   へ：格助詞，往什麼方向的意思

5. リムジンバス で <ruby>第一<rt>だいいち</rt></ruby>ホテル までいくらですか？

   到達第一飯店搭乘機場巴士要多少錢？

   で：格助詞，表示用、在、於等

   まで：修助詞，表示動作、事物到達的空間、數量等的界限

   いくらですか：多少錢？

6. タクシー で <ruby>空港<rt>くうこう</rt></ruby> までいくらですか？

   到達機場搭計程車要多少錢？

7. タクシーで 空港 までどのくらい時間が掛かりますか。

坐計程車到機場大約要花多少時間？

どのくらい時間：大約多少時間

掛かります：花用。掛かる，原形動詞的敬語

8. 時間 はどのくらいですか？

時間大約多久？

9. 料金 はどのくらいですか？

大約多少費用？

10. 市内 へ行く バス は有りますか？

有往市區的巴士嗎？

行く：去

11. 空港 へ行く 地下鉄 は有りますか？

有地下鐵往機場嗎？

12. はい、有ります。

是的，有。

13. いいえ、有りません。

不，沒有。

第六單元　コンビニ（超商、便利商店等）　⊘08

　　日本氣候比較乾燥，在旅遊當中常常建議客人買點水在車上喝，或再買些小零嘴、啤酒、飲料等，在旅館房間裡，三五好友連絡一下感情，消除旅途的疲勞。全日本大約有四萬三千間以上類似 7-11 的便利商店，買東西非常方便，所以這個單元要學一些實用單字。

一、超商實用單字

ミルク／牛乳 牛奶	ミルクティー 奶茶
紅茶 紅茶	緑茶 綠茶
コカコーラ 可樂	缶ビール 罐裝啤酒
ウーロン茶 烏龍茶	ワイン 葡萄酒
ウイスキー 威士忌	日本酒　さけ 日本酒　酒
カップラーメン 速食杯麵／速食碗麵	おつまみ 小零嘴（花生、碗豆等）
ポップコーン 爆米花	チョコレート 巧克力
煎餅 煎餅	パン 麵包
アイスクリーム 冰淇淋	ポテトチップス 洋芋片

ミネラルウォーター 礦泉水	タオル 毛巾
かみそり 剃刀 刮鬍刀	ヘアピン 髮夾
めんぼう 綿棒 棉花棒	せっけん 石鹸 肥皂
は 歯ブラシ 牙刷	は みが こ 歯磨き粉 牙膏
シャンプー 洗髮精	リンス 潤絲精
くし 梳子	ひ や ど 日焼け止め 防曬乳
でん ち 電池 電池	じゅう でん き 充 電器 充電器
け しょうすい 化 粧 水 化妝水	にゅう えき 乳 液 乳液
ボールペン 原子筆	け 消しゴム 橡皮擦
えんぴつ 鉛筆 鉛筆	まんねんひつ 万年筆 鋼筆
ノート 筆記本	ファイル 資料夾
びんせん 便箋 信紙	ふうとう 封筒 信封
かさ 傘 傘	レインコート 雨衣

在超商買東西，哪怕日文一句都不懂也可以通。東西拿一拿放櫃台，然後看收銀台的數字付錢就可以了。很簡單吧！雖然簡單但是還是多少學一點日文單字比較實在。

二、我們再複習一下簡單的基本詢問句

1. 有<ruby>有<rt>あ</rt></ruby>ります。

   有。（表示肯定）

2. <ruby>有<rt>あ</rt></ruby>りません。

   沒有。（表示否定）

3. <ruby>有<rt>あ</rt></ruby>りますか？

   有嗎？（表示疑問）

(一) 名詞 ＋は＋<ruby>有<rt>あ</rt></ruby>りますか？

有沒有 …… 嗎？

<ruby>日本酒<rt>に ほんしゅ</rt></ruby> は<ruby>有<rt>あ</rt></ruby>りますか？

有日本酒嗎？

再加一些簡答句：「はい」、「いいえ」

はい、<ruby>有<rt>あ</rt></ruby>ります。

是的、有、對。（表示肯定）

いいえ、<ruby>有<rt>あ</rt></ruby>りません。

不是、沒有、不對。（表示否定）

三、以下是比較有禮貌的回答法

當對方問您時，您回答的句子，不只用「はい」、「いいえ」簡答句，最好也把對方所問的內容複誦一次以表示重視。

㈠ 名詞 ＋は＋有りますか？

日本酒は有りますか？

有日本酒嗎？

1. 更漂亮、更有禮貌的回答為：

はい、日本酒は有ります。

是的，有日本酒。（肯定簡答句）

いいえ、日本酒は有りません。

不，沒有日本酒。（否定簡答句）

2. 缶ビールを下さい。

請給我罐裝啤酒。

3. 缶ビールをお願いします。

麻煩給我罐裝啤酒。

四、其他常用句

1. 全部でいくらですか？

全部多少錢？

2. 缶ビールと日本酒で 3000 円です。

罐裝啤酒和日本酒全部總共日幣 3000 元。

と：和

で：用、以

3. はい、10000 円です。

這是日幣 10000 元。

4. おつりは 7000 円です。

我找您日幣 7000 元。

在日本常常可看到大拍賣、大促銷，有時也會看到安、激安等
字。

在庫一掃セール

清倉大拍賣。

売り切れ

賣完了。

　　這一單元雖然沒有很多的套用句練習，但以我個人的學習外語經
驗分享，其最重要的一句話就是多背些單字，語言的表達越簡單越
好。

第七單元　商店（商店）　⊘09

　　在團體旅遊當中，觀光客常要求導遊給他們一些自由活動逛街買東西的時間。原則上自由活動時間的長短沒有一定的規則，主要依行程上的安排，如果行程比較鬆，逛街購物的時間就比較長；如果行程較緊迫，自由活動的時間就比較短。總而言之，領隊的您一定要配合當地導遊的安排而不要單獨做決定。在日本自由購物大都安排：地下街（地下街）、商店街（商店街）、「スーパーマーケット」簡稱スーパー（supermarket）（超級市場）、デパート（department store）（百貨公司）。ショッピング.センター（Shopping Center）、ショッピング（購物）センター（中心）。

一、購物中心裡面的商店

八百屋 （やおや） 蔬菜店	薬屋　薬局 （くすりや　やっきょく） 藥局	花屋 （はなや） 花店
本屋 （ほんや） 書局	肉屋 （にくや） 肉鋪	魚屋 （さかなや） 魚鋪
果物屋 （くだものや） 水果店	骨董品屋 （こっとうひんや） 骨董店	食堂 （しょくどう） 飲食店
レストラン 餐廳	ラーメン屋 （ラーメンや） 拉麵店	パン屋 （パンや） 麵包店
靴屋 （くつや） 鞋店	電気屋 （でんきや） 電器店	和菓子屋 （わがしや） 日式蛋糕店
ドラッグストア 藥妝店	民芸品店 （みんげいひんてん） 民俗藝品店	酒屋 （さかや） 酒類專賣店
カメラ屋 （カメラや） 相機專賣店	おもちゃ屋 （おもちゃや） 玩具店	時計屋 （とけいや） 鐘錶店
喫茶店 （きっさてん） 咖啡館	紳士服の店 （しんしふくのみせ） 男士西服店	婦人服の店 （ふじんふくのみせ） 女士洋裝店
呉服屋或稱着物屋 （ごふくや　きものや） 和服店	宝石店 （ほうせきてん） 寶石店	

二、基本實用句子套用

(一) ……はどこですか？

　　 ……在哪裡？

　　 果物屋（くだものや）はどこですか？

　　 水果店在哪裡呢？

㈡この近くに + 名詞 + は有りますか？

在這附近有沒有 …… ？

この近く：這附近

に：在

1. この近くに 薬屋 は有りますか？

   在這附近有藥局嗎？

2. この近くに 花屋 は有りますか？

   在這附近有花店嗎？

   將前幾單元學過的單字套用在這些句型應用即可。

如果向服務人員問路，最好加上我們曾學過而且非常好用的這一句「すみません」，會更有日本味道。

1. すみません、果物屋 はどこですか？

   對不起打擾，水果攤在哪裡呢？

2. すみません、薬屋 は有りますか？

   對不起打擾，有沒有藥局呢？

   不要懷疑，這是非常完美的問話語氣。

如果您問，在這裡能套用「すみません、お願いします」這兩句嗎？當然可以啊！

1. すみません、果物屋をお願いします。

   對不起，水果店在哪裡？（請指示一下的意思）

㈢在商店名的後面加上「さん」，表示賣東西的人

1. 果物屋さん

賣水果的人。

2. 薬屋さん

賣藥的人。

3. 貴方は 果物屋さん ですか？

請問您是在賣水果嗎？

4. 彼は パン屋さん ですか？

他是賣麵包的嗎？

5. 彼女は 花屋さん ですか？

她是賣花的嗎？

6. 何時から営業ですか？

請問幾點開店營業？

から：開始

7. 何時に閉店ですか？

請問幾點打烊？

8. 毎晩八時 に閉店です。

每晚八點打烊。

㈣ 名詞 は+ 何時から何時までです。

從幾點開始到幾點結束。

1. 花屋の営業時間 は何時から何時までですか？

花店的營業時間是從幾點到幾點？

から……まで：開始……到達

2. 花屋の営業時間は朝9時から午後10時までです。

　　花店的營業時間是早上九點到下午十點。

3. 喫茶店の営業時間は何時から何時までですか？

　　咖啡屋的營業時間是從幾點到幾點？

4. 喫茶店は二十四時間営業ですか？

　　咖啡屋是二十四小時營業嗎？

5. 休日の営業時間も同じですか？

　　假日的營業時間也是一樣嗎？

6. 週末の営業時間も同じですか？

　　週末的營業時間也是一樣嗎？

㈤ 名詞 +を探しています。

　　正在找 …… 。

1. 酒屋を探しています。

　　正在找賣酒的商店。

2. カメラ屋を探しています。

　　正在找相機專賣店。

三、觀光地點的實用單字

びじゅつかん 美術館 美術館	はくぶつかん 博物館 博物館
ゆうえんち 遊園地 遊樂園	すいぞくかん 水族館 水族館
しょくぶつえん 植物園 植物園	どうぶつえん 動物園 動物園
てら お寺 寺廟	しろ お城 城堡
おんせんめいしょ 温泉名所 溫泉名勝	テーマパーク 主題樂園
ゆうびんきょく 郵便局 郵局	えき 駅 車站
とうきょう 東京ディズニーランド 東京迪士尼樂園	とうきょう 東京ディズニーシー 東京迪士尼海洋
ユニバーサル・スタジオ・ 日本環球影城	ふじさん 富士山 富士山

㈥ 名詞 ＋に行くツアーは有りますか？

有沒有前往……的行程？

行く：去、前往

ツアー：Tour，旅遊行程

1. 遊園地に行くツアーは有りますか？

  有沒有前往遊樂園的行程？

2. 富士山に行くツアーは有りますか？

  有沒有前往富士山的行程？

㈦ 名詞 ＋に行きたいです。

想要去……。

に：往

行きたい：想要去

1. 動物園に行きたいです。

  我想要去動物園。

2. 博物館に行きたいです。

  我想要去博物館。

㈧ 名詞 ＋へ行く道を教えて下さい。

請問往……的路怎麼走？

へ：往

道：路

教えて下さい：請教、請問

1. 郵便局（ゆうびんきょく）へ行（い）く道（みち）を教（おし）えて下（くだ）さい。

請問往郵局的路怎麼走。

2. 駅（えき）へ行（い）く道（みち）を教（おし）えて下（くだ）さい。

請問往車站的路怎麼走。

第八單元　果物屋（水果店） ◎10

　　台灣旅客到日本一定會要求導遊或領隊帶他們去買水果，因為台灣旅客喜歡飯後吃水果，但是日本旅遊不像東南亞旅遊一樣飯後提供水果。日本團所使用的餐廳，除了自助餐，飯後很少提供水果。所以要當一位全能的國際領隊，應該學習一些水果名稱，以便在旅客前面表現一下。在日本帶客人去買水果大約有幾個地方：スーパー（超市）、百貨公司地下室（B1）水果店、コンビニ（7-11、全家等小超商，在日本有四萬三千家）所以非常方便。如行程順路，有時候司機也會帶客人至水果產地採摘或購買。

一、果物（水果）

林檎 蘋果	バナナ 香蕉	さくらんぼ 櫻桃
いちご 草莓	もも 桃子	トマト 番茄
葡萄 葡萄	柿 柿子	蜜柑 柑橘
メロン 哈密瓜	西瓜 西瓜	パイナップル 鳳梨
梨 梨子	レモン 檸檬	パパイヤ 木瓜

キウイフルーツ 奇異果	グレープフルーツ 葡萄柚	ざぼん / ぶんたん 柚子　　文旦
マンゴー 芒果	オレンジ 柳橙	

　　在日本買水果要特別注意購物禮儀，而且要注意店家所擺出的價目表。有時有時一山（一堆）、一皿（一盤）、一個（一個）、一玉（一顆）、一箱（一箱），價目表上會寫得很清楚。如果要買「一皿」的水果，只能一盤一盤看，不能隨便調換其中的水果，而且不能用手壓壓看。水果店的老闆一看到中國人來買水果，都特別緊張，很怕中國客人離開之後，那些水果就變成果汁了，哈！哈！選好之後就請他們包起來。

二、買東西的基本句型套用

　　㈠ …… + を下さい。

　　　　請給我 …… 。

西瓜 を下さい。

請給我西瓜。

(二) ⋯⋯ + をお願いします。

麻煩請給我 ⋯⋯

1. 西瓜 をお願いします。

請給我西瓜。

2. 西瓜 を 一玉 お願いします。

請給我一顆西瓜。

＊請注意，數量詞一定要加在「を」之後。

3. 蜜柑 を 一皿 下さい。

請給我一盤橘子

(三) ⋯⋯ + はいくらですか？

⋯⋯ 是多少錢呢？

いくら：多少錢

いちご はいくらですか？

草莓多少錢呢？

只要把上面學過的單字一一套上即可，很好用吧！

「頑張って」加油！

三、形容詞

高<small>たか</small>い 太貴	安<small>やす</small>い 便宜	美味<small>おい</small>しい 好吃
不味<small>まず</small>い 不好吃	甘<small>あま</small>い 甜	旨<small>うま</small>い 好吃的；美味的
新鮮<small>しんせん</small>ではない 不太新鮮	渋<small>しぶ</small>い 太澀	変<small>へん</small>なにおい 聞起來怪怪的味道
味<small>あじ</small>がおかしい 口味有點怪怪的	硬<small>かた</small>い 硬的	軟<small>やわ</small>らかい 軟的
酸<small>す</small>っぱい 有點酸	苦<small>にが</small>い 苦	

　　買東西當然大部分的人都想殺價。但在日本買東西幾乎不能殺價，貴或便宜都可以表達自己的想法。雖然不能講價，但您可以問對方能不能打折。

　　もうちょっと安<small>やす</small>くしてもらえませんか？

　　便宜一點可以嗎？

四、基本套用句型

(一) ……は 形容詞 です。

水果名 + は + 形容詞 + です。

1. 林檎<small>りんご</small> は 高<small>たか</small>い です。

　　蘋果太貴。

2. オレンジは 安くしもらえませんか？

能不能再算便宜一點呢？

3. 柿は 渋い です。

柿子太澀。

4. 葡萄は 酸っぱい です。

葡萄有一點酸。

㈡也可以用 形容詞 + 水果名 です。

1. 渋い 柿 です。

澀的柿子。

2. 硬い 柿 です。

硬的柿子。

3. 酸っぱい 葡萄 です。

酸的葡萄。

以上所學的形容詞如法套用就 OK 了！

㈢これは どんな味 ですか？

這個是什麼味道？

これ：這個

どんな味：什麼味道

1. これは 甘い です。

這個很甜。

2. これは 酸っぱい です。

這個很酸。

3. メロン は 美味しいですか？
<ruby>美<rt>お</rt></ruby><ruby>味<rt>い</rt></ruby>

哈密瓜好吃嗎？

4. とっても 美味しいです。

非常好吃。

とっても：非常

(四)試食してもいいですか？
<ruby>試<rt>し</rt></ruby><ruby>食<rt>しょく</rt></ruby>

可以試吃嗎？

名詞 +を試食してもいいですか？

……可以試吃嗎？

いちご を試食しても いいですか？

草莓可以試吃嗎？

第九單元 喫茶店（咖啡店） 11

一、飲料糕點

ホットコーヒー 熱咖啡	アイスコーヒー 冰咖啡	アイスティー 冰紅茶
ミルクティー 奶茶	カプチーノ 卡布奇諾	エスプレッソ 濃縮咖啡
お冷 冰開水	カフェオレ 咖啡歐蕾	ケーキ 蛋糕
トースト 土司	ワッフル 鬆餅	メロンパン 菠蘿麵包
シュークリーム 泡芙	プリン 布丁	ハム 火腿
ジャム 果醬	バター 奶油	チーズ 起司
玉子焼き 煎蛋	目玉焼き 荷包蛋	卵 蛋
ゆで卵 水煮蛋	シロップ 糖漿	蜂蜜 蜂蜜
ドーナッツ 甜甜圈	ムース 慕斯	

二、西洋料理（西洋料理）

ピラフ 日式炒飯	ピザ 披薩	スパゲッティ／パスタ 義大利麵
カレーライス 咖哩飯	ハンバーガーセット 漢堡套餐	ステーキ 牛排

グラタン 焗烤	サンドイッチ 三明治	オムうイス 蛋包飯
コロッケ 可樂餅	スープ 湯	サラダ　野菜サラダ 沙拉　蔬菜沙拉
フライドチキン 炸雞	ホットドッグ 熱狗	ポテトフライ / フライ ドポテト 炸薯條
ウィンナー 香腸		

　　在這裡喝咖啡或用餐，還記得怎麼叫服務員嗎？

　　對！利用「すみません」這句（但音稍微拉長一點），服務員很快會過來點餐，看完「メニュー」（菜單）後就可點菜。

1. すみません、 メニュー をお願いします。

　　對不起，麻煩請給我菜單。

2. すみません、 会計（かいけい） をお願いします。

　　對不起，麻煩買單。

三、餐具

ストロー 吸管	お絞り（しぼり） 溼毛巾	紙（かみ）ナプキン 餐巾紙	ティッシュ 紙巾
スプーン 湯匙	箸（はし） 筷子	ナイフ 刀子	フォーク 叉子
爪楊枝（つまようじ） 牙籤	コップ 杯子		

有時候向服務員要餐具，我建議一樣使用超簡單的基本套用句型。

(一) ……をお願いします。

麻煩請給我 ……

すみません、 ストロー をお願いします。

對不起，麻煩請給我吸管。

(二) …… を下さい。

請給我 …… 。

1. ナイフ を下さい。

請給我刀子。

2. ホットコーヒー を下さい。

請給我熱咖啡。

在日本熱咖啡大約都簡稱「ホット」，如果講「ホットコーヒー」是沒有錯，但聽起來會覺得怪怪的，好像是外國人講的。
冰咖啡就簡稱為「アイス」，而不說為「アイスコーヒー」，這就是所謂流行語吧！。

㈢ ……は好きですか。

喜歡 …… 嗎？

好き：喜歡

が：在好きです（喜歡）前面要用が這個助詞

1. カプチーノ は好きですか？

喜歡喝卡布奇諾嗎？

2. カプチーノ が好きです。

我喜歡喝卡布奇諾。

3. カレーライス が好きです。

我喜歡吃咖哩飯。

4. 野菜サラダ が好きです。

我喜歡吃蔬菜沙拉。

㈣ 名詞 ＋を食べます。

吃 名詞 。（肯定句）

1. オムライス を食べます。

我吃蛋包飯。

2. スパゲッティ を食べます。

我吃義大利麵。

(五) 名詞 + を食べません。

　不吃 名詞 。（否定句）

　ピザ を食べません。

　我不吃披薩。

(六) 名詞 + を + 食べてません。

　沒吃 名詞 。（否定句）

　ピザ を食べてません。

　我沒有吃披薩。

(七) 名詞 + を飲みます。

　喝 名詞 。（肯定句）

　1. アイスティー を飲みます。

　　我喝冰紅茶。

　2. ビール を飲みます。

　　我喝啤酒。

(八) 名詞 + を飲みません。

　不喝 名詞 。（否定句）

　スープ を飲みません。

　我不喝湯。

第十單元　ホテル（旅館）　

　　當一個全能的領隊或自助旅遊者，應該學會一點實用的旅館專用語，經驗告訴我們，客人常常請求領隊幫忙，比如沒有牙刷、牙膏、吹風機、衣架、毛巾等，需要熱開水或如何打國際電話等。現在我們就來學一些實用的旅館專用語。

一、旅館實用單字及句型

部屋 房間	空室 空房間	海側 面海
山側 面山	シングルルーム 單人房	ツインルーム 雙人房（兩張床）
ダブルルーム 雙人房（一大床）	トリプルルーム 三人房	和室 和式
洋室 西式房間	シャワー付き 附設沖澡	食事付き 附餐
価格表 價目表	部屋代 房間費用	荷物 行李
貴重品 貴重物品		

1. 部屋代（へやだい）は 食事付き（しょくじつき）ですか？

房間費用附帶餐食嗎？

2. 部屋（へや）は シャワー付き（つき）ですか？

房間有附設沖澡嗎？

付き（つ）：附帶

3. 貴重品（きちょうひん）を 預かって（あず）下さい（くだ）。

幫我寄存一下貴重物品。

4. 荷物（にもつ）を 預かって（あず）下さい（くだ）。

幫我寄存一下行李。

二、基本實用句子套用練習

㈠ …… ＋に＋したいです。

我想要……

に：格助詞

したい：想要

和室（わしつ）にしたいです。

我想要和式房間。

㈡ 名詞＋を予約（よやく）したいのですが。

我想預定 名詞 。

シングルルームを予約（よやく）したいのですが。

我想預訂單人房。

如果您不想學那麼複雜的句子，也可套用我們曾學過的：「下さ
い」「お願いします」這兩句。

1. 和室 をお願いします。

   麻煩給我和式房間。

2. 和室 を下さい。

   麻煩給我和式房間。

3. 海側の部屋 を下さい。

   請給我面海的房間。

4. 山側の部屋 を下さい。

   請給我面山的房間。

三、館内のご案内（旅館內部介紹）

エレベーター── 電梯	エスカレーター── 電扶梯	内線 分機
マッサージ機 按摩機	ゲームコーナー 電玩區	インターネット 網際網路
国際電話 國際電話	公衆電話 公用電話	内線電話 內線電話
外線電話 外線電話		

每一間飯店的設施不一樣，領隊首先要知道電梯或電扶梯的位
置，還有其他設備。如有不知，要問服務人員，就使用下面替代語
句：

1. すみません、 エレベーター はどこですか？

對不起，請問電梯在哪裡？

2. すみません、 エスカレーター はどこですか？

對不起，請問電扶梯在哪裡？

四、旅館服務實用單字與句型

フロント 櫃台	かいけい 会計 結帳	ロビー 大廳
うけつけ 受付 詢問處	ポーター 行李搬運員	ドアマン 門僮
ベルボーイ 旅館服務員	ベルキャプテン 旅館男侍領班	くうこうそうげい 空港送迎サービス 機場接送服務
リムジンバス 機場巴士		

自由活動或自由行的旅客，有時會到詢問處向旅館服務人員詢問活動的內容：

1. くうこうそうげい
空港送迎サービス は有りますか？

有沒有機場接送服務？

2. 一日のコース は有りますか？

　有一日的遊程嗎？

　コース：遊程

3. 何時発ですか？

　幾點出發？

4. 何時に戻りますか？

　幾點回來？

五、旅館設備實用單字與句型

エアコン 空調	暖房 暖氣	サウナ 三溫暖
ドライヤー 吹風機	浴衣 浴袍	ハンガー 衣架
洗面具 洗臉用具	お湯 熱水	氷 冰塊
トイレットペーパー 衛生紙	シャンプー 洗髮精	歯磨きセット 牙刷用具
布団 棉被	枕 枕頭	毛布 毛毯

(一) ⋯⋯ がないです。

　沒有 ⋯⋯

　ない：沒有

石鹸がないです。

沒有肥皂。

(二) …… を下さい。

…… 給我。

タオルを下さい。

請給我毛巾。

(三) …… をお願いします。

麻煩請給我 ……

ドライヤーをお願いします。

麻煩請給我吹風機。

六、打電話實用單字與句型

電話代	有料テレビ
電話費	付費電視
プリペイドカード	カード販売機
消費預付卡	卡片販賣機
国際電話カード	プリペイドカード
國際電話卡	消費預付卡

　　日本旅館裡的電視分為無料テレビ（免費電視）與有料テレビ（付費電視）兩種。

　　有料為付費電視，如看 VIDEO 影集或成人節目等。如果要欣賞節目可先在飯店裡的自動販賣機購買プリペイドカード（消費預付

卡），每張日幣￥1000円。有的飯店是以計時來算，有的飯店是特費價一天￥1000円。

　　無料為一般電視，但日本旅館的電視頻道不像台灣那麼多，這些您一定要了解。

1. ……は＋いくらですか？

　　……多少錢？

　いくら：多少錢

2. 料金（りょうきん）はいくらですか？

　　費用多少呢？

　　料金（りょうきん）：費用。

3. 電話代はいくらですか？

電話費多少錢？

日本飯店裡大都附有早餐，但一般的溫泉旅館大多附晚餐及早餐
共兩餐。而稱之為一泊二食付き（一宿兩餐）。

七、泡湯實用單字與句型

大浴場 大眾浴池	露天風呂 露天溫泉
自動販売機 自動販賣機	非常口 逃生門
フロント 櫃台	ビジネスセンター 商務中心
冷蔵庫 冰箱	ミニバー 迷你酒吧（房間内冰箱）

レストラン 餐廳	<ruby>宴会<rt>えんかい</rt></ruby> <ruby>場<rt>じょう</rt></ruby> 宴會場
ロビー 大廳	カラオケルーム 卡拉OK房間
<ruby>売店<rt>ばいてん</rt></ruby> 賣店（飯店內的土產店）	<ruby>会議<rt>かいぎ</rt></ruby> <ruby>室<rt>しつ</rt></ruby> 會議室

<ruby>風呂<rt>ふろ</rt></ruby>（溫泉），可分為室內與室外，在日本泡溫泉不能穿著衣服泡澡，室外稱之為<ruby>露天風呂<rt>ろてんぶろ</rt></ruby>（露天溫泉），室內泡湯池稱為<ruby>大浴 場<rt>だいよくじょう</rt></ruby>（大眾浴池）。分為 <ruby>男 湯<rt>おとこゆ</rt></ruby>或殿<ruby><rt>との</rt></ruby>「男湯」。

<ruby>女 湯<rt>おんなゆ</rt></ruby>或<ruby>御婦人<rt>ごふじん</rt></ruby>或<ruby>姫<rt>ひめ</rt></ruby>「女湯」。

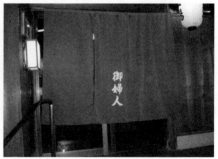

泡湯時要把貴重的東西鎖在保險箱，然後把房間鑰匙交給櫃台保管或鎖在ロッカー（置物櫃）裡，比較安全。

㈠ …… はどこですか？

…… 在哪裡？

1. <ruby>大浴 場<rt>だいよくじょう</rt></ruby> はどこですか？

大眾池在哪裡？

面對服務人員，如果語文能力還不是很好時，只要把以上學過這些單字拿來套用也可以「通」。

2. すみません、大浴場（だいよくじょう）をお願（ねが）いします

　　對不起、拜託，大眾浴池在哪裡？（請指示一下的意思）

　　「すみません」與「お願（ねが）いします」這兩句是不是很好用呢？

　　一般經驗告訴我們，在旅館裡，客人常常需要領隊幫忙向櫃台打電話，或其他幫忙。最常見的事是，客人把鑰匙放在房內而被自動門鎖起來，需要請旅館服務人員來開門，這句話怎麼表達呢？

3. 鍵（かぎ）を部屋（へや）に置（お）き忘（わす）れてしまいました。

　　我不小心把鑰匙忘在房間裡。

　　鍵（かぎ）：鑰匙

　　部屋（へや）に：房間裡面

　　置（お）き忘（わす）れてしまいました：忘記在……

　　旅館人員會問您部屋番号（へやばんごう）（房間號碼）。

　　如果覺得這一句很困難的話，來！我教您一句可以「通」的日文（請暫時不要管文法對不對），保證通：「すみません」「鍵（かぎ）」是「部屋（へや）に」「お願（ねが）いします」。只要把所學過的字彙加在一起說出來，旅館人員會了解您的意思而問您「部屋番号（へやばんごう）は」（房間號碼呢？）您就把房間號碼告訴他，然後在房間門口等就 OK 了。您放心，很好用的啦！

1. テレビ が つかない です。

電視不能看。

つかない：不能用

2 部屋 を 変えたい です。

我想要換房間。

部屋：房間

変えたい：想更換

たい：想要（動詞＋たい）

日本工資很貴，在旅館裡，客人可以在自動販賣機裡買東西，非常方便，如香菸、啤酒、清酒、下酒的小零嘴等。所以有人稱日本是自動販賣機的世界。

八、客房服務實用單字與句型

モーニングコール 叫我起床	ルームサービス 客房服務

1. モーニングコール をお願いします。

   麻煩叫我起床。

2. 明日の朝 6 時 にモーニングコールをお願いします。

   明天早上六點鐘麻煩叫我起床。

3. ルームサービス をお願いします。

   我要客房服務。

   ルームサービス：客房裡用餐服務

第十一單元　レストラン（餐廳）　13

　　日本的餐廳大體分有日式、洋式、中式、複合式餐廳、有些輕食
的休閒餐廳、咖啡廳、居酒屋、拉麵館等餐館。在日本用餐的地方
有很多，早餐如到咖啡店去用，大部分咖啡店都會提供特惠套餐如
A、B、C 等。比如平常喝一杯咖啡￥350 円，但特惠早餐也許加一顆
水煮蛋及一片厚土司再給一杯咖啡，大約只再加￥100 円而賣￥450
円，以特別優惠常客。午餐或晚餐常到其他的廳用餐喝酒，餐廳的日
語稱之「レストラン」或稱之為「食堂^{しょくどう}」也可。餐廳名稱如下：

一、料理（料理）實用單字與句型

日本料理（にほんりょうり） 日本料理	中華料理（ちゅうかりょうり） 中華料理	韓国料理（かんこくりょうり） 韓國料理
フランス料理（りょうり） 法國料理	イタリア料理（りょうり） 義大利料理	タイ料理（りょうり） 泰國料理
郷土料理（きょうどりょうり） 地方特色料理	精進料理（しょうじんりょうり） 素食料理	ファーストフード店（てん） 速食店
西洋料理（せいようりょうり） 西洋料理	シーフード料理（りょうり） 海鮮料理	海鮮料理（かいせんりょうり） 海鮮料理
料亭（りょうてい） 日本傳統料理店	牛丼屋（ぎゅうどんや） 牛肉蓋飯店	寿司屋（すしや） 壽司店
回転寿司屋（かいてんずしや） 迴轉壽司店	うどん屋（や） 烏龍麵店	バイキング 自助餐
屋台（やたい） 路邊攤	ラーメン屋（や） 拉麵店	焼肉屋（やきにくや） 燒肉店
居酒屋（いざかや） 居酒屋	ピザ屋（や） 披薩屋	ビヤホール 啤酒屋
スナック 日式酒店	ナイトクラブ / クラブ 夜總會 / 夜店	バー 酒吧

我們曾經提過（屋）這個字，為了加強印象而再說一次。以上各國料理的後面如果加上（屋），就是賣這個東西的店。

1. 日本料理屋。
にほんりょうりや

日本料理店。

2. 中華料理屋。
ちゅうかりょうりや

中華料理店。

如果後面再加一個「さん」，意思就是指賣這個東西的人。

日本料理屋さん。
にほんりょうりや

賣日本料理的人。

二、簡單基本句型套用

(一) 商店 ＋は有りますか？
あ

有什麼商店嗎？

1. 寿司屋 は有りますか？
すしや　　あ

有壽司店嗎？

2. ラーメン屋 は有りますか？
や　　　あ

有拉麵店嗎？

(二) 商店 ＋はどこですか？

這個店在哪裡呢？

居酒屋 はどこですか？
いざかや

居酒屋在哪裡呢？

把上面所學到的料理店替換使用即可，很簡單又實用哦！

三、日本的三餐

(一)朝食　或　朝ご飯

早餐

(二)昼食　或　昼ご飯　或

ランチ

午餐

(三)夕食　或　夕ご飯　或　ディナー

晚餐

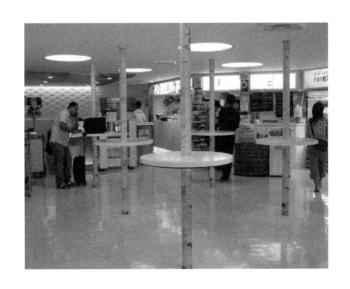

在日本有很多餐廳、料理店、迴轉壽司店皆推出「食べ放題」

（限時吃到飽），有一些喝酒的俱樂部「飲み放題」（無限暢飲）。

日本地狹人稠寸土寸金，在人潮洶湧的鬧區或車站常常看到招牌寫著

「立喰」「立ち喰い」（站著吃飯、吃麵）。「立呑」「立ち飲み」

（站著喝酒、喝飲料）的店也不少，這也是另類的日本生活。

四、營業相關用語

営業中 （えいぎょうちゅう） 營業中	準備中 （じゅんびちゅう） 準備中	開店 （かいてん） 開店	閉店 （へいてん） 打烊

五、服務人員相關用語

ウエイター 男侍者	ウエイトレス 女侍者	レジ係 （がかり） 收銀員
マネージャー 經理	コック　板前 （いたまえ） 廚師	バーテンダー 酒保

六、結帳用語

勘定／会計 （かんじょう かいけい） 買單	消費税 （しょうひぜい） 消費稅	サービス料 （りょう） 服務費
税金 （ぜいきん） 稅金	現金 （げんきん） 現金	クレジットカード 信用卡
費用 （ひよう） 費用	払う （はら） 付款	レジ 收銀台
おつり 找錢		

　　請記得，在日本旅遊時，對外國觀光客來講，使用信用卡真的不方便。除免稅店、大型百貨公司外，其他一般商店較少用信用卡交易，但是需要用時也可問問看。除免稅店外，買東西要加 5% 的稅金，所以常常看到商品標價￥1050 圓，其中￥50 圓是稅金。

　㈠クレジットカードは使えますか？

　　信用卡可以使用嗎？

クレジットカード：信用卡

使（つか）えますか：可以使用嗎

(二)カードでお願（ねが）いします。

我要刷卡。

(三) ……が入（はい）ってますか？

…… 有含在內嗎？

入（はい）ってますか：包含在內嗎

1. 税金（ぜいきん）が入（はい）ってますか？

税金有含在內嗎？

2. 消費税（しょうひぜい）が入（はい）ってますか？

消費稅有含在內嗎？

3. サービス料（りょう）が入（はい）ってますか？

服務費有含在內嗎？

(四)ご注文（ちゅうもん）はお決（き）まりですか？

可以點菜了嗎？

ご注文（ちゅうもん）：點菜

お決（き）まりですか：決定了嗎

(五)お持（も）ち帰（かえ）りですか？

帶回家嗎？

お持（も）ち帰（かえ）り：帶回家

㈥ここで食べます。

在這裡吃。

ここで：在這裡

食べます：吃

七、付款時的用語

1. すみません、お勘定をお願いします。

   對不起，我要買單。

2. 会計をお願いします。

   我要買單。

3. すみません、レジはどこですか？

   對不起，收銀台在哪裡？

4. 一緒でお願いします。

   請一起結帳。

   で：用或以什麼方法來做……

5. 別々でお願いします。

   我們各付各的。

6. 別々にお願いします。

   我們各付各的。

7. ご馳走様でした。

   很好吃，謝謝招待。

第十二單元　注文（點餐）　⊘14

一、用餐實用單字與句型

きんえんせき 禁煙席 禁菸區	きつえんせき 喫煙席 吸菸區	こしつ 個室 包廂
まんいん 満員 客滿	くうせき 空席 空位	まんせき 満席 滿座
まどぎわ　せき 窓際の席 窗邊的位子	しず　　せき 静かな席 安靜的位子	バーカウンターの席 吧台位子
おくがい　せき 屋外の席 戶外位子	テーブル 餐桌	カウンター 櫃台
レシート 發票	りょうしゅうしょ 領収書 收據	あんない 案内 接待
ついか 追加 追加	かんじょう 勘定 買單	かいけい 会計 買單
べつべつ 別々 各付各的	いっしょ 一緒 一起	ぶんりょう 分量 分量
しょっき 食器 餐具	でんぴょう 伝票 帳單	よやく 予約 預約
なましぼ 生搾りジュース 鮮榨果汁	ノンアルコールドリンク 無酒精飲料	デザート 甜點
セットメニュー 套餐菜單		

餐飲服務人員首先要學一些迎接客人的話語

1. いらっしゃいませ。

  歡迎光臨。

2. 何名様ですか？
   <ruby>何名様<rt>なんめいさま</rt></ruby>

  請問有幾位呢？

3. 何名様でしょうか？

  請問大約有幾位呢？

4. 二人です。

  兩個人。

5. 禁煙席ですか、喫煙席ですか？

  禁菸區還是吸菸區呢？

二、帶位常用句子

(一) ……でお願いします。

  麻煩請安排 …… 。

  1. 禁煙席でお願いします。

    麻煩請安排禁菸區。

  2. 窓際の席でお願いします。

    麻煩請安排靠窗的座位。

(二) すみません、空席はありますか？

  對不起、請問有沒有空位？

㈢あいにく只今満席です。

正好現在是客滿。

㈣……にして下さい。

請給我做……

1. 静かな席にして下さい。

請給我安排安靜的座位。

2. 喫煙席にして下さい。

請給我安排吸菸區。

三、點餐常用句子

1. 中国語のメニューは有りますか？

有中文菜單嗎？

2. 日本語のメニューは有りますか？

有日文菜單嗎？

3. すみません、メニューを見せて下さい。

對不起，請給我看一下菜單。

4. お勧めのメニューはこちらです。

這是我們的推薦菜單。

5. ご注文はお決まりですか？

可以為您點餐了嗎？

6. まだ決まっていません、もうちょっと待って下さい。

還沒，請再等一下。

7. ご注文はお決まりですか？

可以點菜了嗎？

ご注文：點菜

お決まりですか：決定了嗎？

8. これとこれ を下さい。

請給我這個與那個。

9. 生搾りジュース を下さい。

請給我鮮榨果汁。

四、要求服務常用句子

1. デザート を追加します。

追加甜點。

2. 食器 を追加します。

追加餐具。

3. 食器 を 二セット 追加します。

追加兩套餐具。

無論動詞如何變化，還是可以用一個簡單的代替法，就是「下さい」及「お願いします」。

1. 食器 を 二セット お願いします。

麻煩請給我兩副餐具。

2. 食器（しょっき）を二（に）セット下（くだ）さい。

請給我兩副餐具。

再複習一次，一定要記住，數量詞要放在 を 之後、動詞之前。

五、刷卡常用句子

再提醒一次，外國觀光客在日本使用信用卡比較不方便。除免稅店、大型百貨公司外，其他一般商店較少用信用卡交易，但是必須使用時也可問問看。除免稅店外，買東西要加 5% 的稅金，所以常常看到商品標價￥1050 円，其中￥50 円是稅金。

1. クレジットカードは使（つか）えますか？

可以使用信用卡嗎？

クレジットカード：信用卡

使（つか）えますか：可以使用嗎？

2. 税金が入ってますか？

税金包含在內嗎？

入ってますか：包含在內嗎？

3. サービス料が入ってますか？

服務費包含在內嗎？

4. お持ち帰りですか？

帶回家嗎？

お持ち帰り：帶回家

5. ここで食べます。

在這裡吃。

ここで：在這裡

食べます：吃

六、結帳常用句子

1. すみません、お勘定をお願いします。

對不起，麻煩請結帳。

2. 勘定が間違っています。

帳單弄錯了。

3. 全部でいくらですか？

總共多少錢？

4. 一緒で。

全部一起算。

5. 別々で。

各付各的。

6. 別々でお願いします。

請各付各的。

7. 割り勘でお願いします。

請大家均攤。

8. 領収書を下さい。

請給我收據。

9. レシートを下さい。

請給我發票。

10. 領収書をお願いします。

麻煩請給我收據。

11. レシートをお願いします。

麻煩請給我發票。

「下さい」與「お願いします」套來套去，這兩個套用句真的很好用，您說對不對啊？

第十三單元 買い物（購物） 🔘15

一、服飾類實用單字與句型

オーバー 大衣	コート 外套	スカート 裙子
スカーフ 圍巾	ズボン 褲子	ネクタイ 領帶
レインコート 雨衣	傘 傘	靴下　ストッキング 襪子　褲襪
ベルト 皮帶	Tシャツ T恤	ワイシャツ 襯衫
手袋 手套	帽子 帽子	上着 上衣
下着 貼身衣物	ジーパン 牛仔褲	水着 泳衣
ドレス 洋裝	背広 / スーツ 西裝	ハイヒール 高跟鞋
ハンカチ 手帕		

㈠ 名詞 ＋を＋見せて下さい。

請讓我看看 名詞 。

1. ネクタイ ＋を見せて下さい。

請給我看看領帶。

2. 帽子（ぼうし）を見（み）せて下（くだ）さい。

請給我看看帽子。

二、講價常用句子

如果覺得有一點貴，您可以提出要求：

1. もう少（すこ）し安（やす）くして下（くだ）さい。

請再算便宜一點點

もう：更、再

少（すこ）し：稍微一點

安（やす）くして：便宜

2. もう少（すこ）し安（やす）くして下（くだ）さいませんか？

不可以再便宜一點嗎？（否定句的問法，聽起來比較禮貌）

3. もっと安（やす）いのは有（あ）りませんか？

有沒有更便宜的呢？

もっと：更

安（やす）い：便宜的

の：表示您要的東西

三、選購常用句子

(一) 名詞＋を買（か）いたいです。

想買 名詞 。

1. ジーパン を買（か）いたいです。

想買牛仔褲。

2. 帽子(ぼうし)を買(か)いたいです。

想買帽子。

(二)試着(しちゃく)してもいいですか？

試穿可以嗎？

(三)名詞+を試着(しちゃく)してもいいですか？

名詞可以試穿嗎？

スカートを試着(しちゃく)してもいいですか？

裙子試穿一下可以嗎？

(四)試食(ししょく)してもいいですか？

可以試吃嗎？

(五)名詞+を試食(ししょく)してもいいですか？

名詞可以試吃嗎？

いちごを試食(ししょく)してもいいですか？

草莓可以試吃嗎？

(六)履(は)いて見(み)てもいいですか？

試穿看看可以嗎？（這裡的穿是穿鞋子的穿）。

1. くつを履(は)いて見(み)てもいいですか？

鞋子可以試穿看看嗎？

履(は)いて：穿

見(み)てもいいですか：看看可以嗎

2. 手袋をつけて見てもいいですか？

手套可以試穿看看嗎？

四、講價常用句子

1. これは値引きして有りますか？

這個有打折嗎？

値引き：折扣

2. これはいくらですか？

這個多少錢？

3. 全部でいくらですか？

全部多少錢？

4. はい、これです。

好！就這個。（＊其意思就是要買這個，請包起來）。

五、結帳常用句子

我們教過這一句：

1. クレジットカードは使えますか？

可以使用信用卡嗎？

也可以用這種說法：

2. カードでいいですか？

信用卡可以嗎？（這是另一種說法）

現在教您最簡單的用法：

3. カードでお願いします。

麻煩您，我要用信用卡。

で：用

使用「お願いします」這一個詞是不是很簡單？

4. はい、出来ます。

是的，可以用。

5. いいえ、出来ません。

不，不可以用。

在日本購物時，一般的商店通常不使用刷卡而是現金買賣，除非大百貨公司或免稅店才使用信用卡，所以使用信用卡，在日本不是很普遍。

6. レシート をお願いします。

麻煩請給我發票。

7. 領収書 をお願いします。

麻煩請給我收據。

協助旅客買東西時不外乎是大小、長短、顏色、厚薄、輕重等。只要學會單字之後再加形容詞，那就非常漂亮了。所以我們現在學一些重要的形容詞。

六、顏色與花色

黒い	グレー（灰色）	赤い	紫色
黑色	灰色	紅色	紫色

しろ 白い 白色	ちゃいろ 茶色 褐色	あお 青い 藍色	ピンク 粉紅色
き いろ 黄色い 黄色	む じ 無地 素面	みどり いろ 緑色 緑色	がら 柄 花紋
じ み 地味 樸素	チェック 格紋	は で 派手 鮮豔	タータン.チェック 方格紋
プリント柄 印花紋	みずたま も よう 水玉模様 圓點紋	はながら 花柄 碎花紋	しま も よう 縞模様 條紋

七、形容詞實用單字與句型

おお 大きい 大的	ちい 小さい 小的	ふと 太い 粗的	ほそ 細い 細的
たか 高い 貴	やす 安い 便宜	なが 長い 長的	みじか 短い 短的
こ 濃い 濃的	うす 薄い 淡的	あたら 新しい 新的	ふる 古い 舊的
あつ 厚い 厚的	うす 薄い 薄的	まる 丸い 圓的	し かく 四角い 矩形
おも 重い 重的	かる 軽い 輕的		

(一) 形容詞 + 名詞

1. あか
赤い + ぼう し
帽子

　　紅色的帽子。

2. 赤い<ruby>赤<rt>あか</rt></ruby> + 帽子<ruby>帽子<rt>ぼうし</rt></ruby> を見<ruby>見<rt>み</rt></ruby>せてください。

紅色的帽子讓我看看。

3. 赤い<ruby>赤<rt>あか</rt></ruby> + 帽子<ruby>帽子<rt>ぼうし</rt></ruby> を + 下<ruby>下<rt>くだ</rt></ruby>さい。

請給我紅色帽子。

㈡ 黄色い<ruby>黄色<rt>き いろ</rt></ruby> + Ｔシャツ をお願<ruby>願<rt>ねが</rt></ruby>いします。

麻煩請給我黃襯衫（Ｔ恤）。

㈢ 新しい<ruby>新<rt>あたら</rt></ruby> + ドレス をお願<ruby>願<rt>ねが</rt></ruby>いします。

麻煩請給我新的洋裝。

㈣ 税金<ruby>税金<rt>ぜいきん</rt></ruby> が入<ruby>入<rt>はい</rt></ruby>ってますか？

税金包含在內嗎？

入<ruby>入<rt>はい</rt></ruby>ってますか：包含在內嗎

第十四單元　數量詞　◎16

　　數詞很重要。數詞是什麼東西？數詞就是不同的東西所使用的不同單位，這也是日文較麻煩的地方。中文也有同樣的表現法如：一條魚、一頭豬、一匹馬、一隻象……等。這對學中文的外國人也是一種困擾。不管如何，我們還是多少學一點。因為旅遊當中隨時要買東西。

一、人數的說法

數量	何人　何名 なんにん　なんめい 幾個人	數量	何人　何名 なんにん　なんめい 幾個人
1	ひとり 一個人	6	ろくにん 六個人
2	ふたり 兩個人	7	ななにん 七個人
3	さんにん 三個人	8	はちにん 八個人
4	よにん 四個人	9	きゅうにん 九個人
5	ごにん 五個人	10	じゅうにん 十個人

　　一進入餐廳或料理店，店內人員會很有禮貌地打招呼：「いらっしゃいませ」（歡迎光臨）

　　接下來是：「何名樣ですか」（請問幾位呢？）
なんめいさま

何名<ruby>何名<rt>なんめい</rt></ruby>：幾位

<ruby>様<rt>さま</rt></ruby>：敬語

您就要回答：

1. <ruby>一人<rt>ひとり</rt></ruby>です。

   一個人。

2. <ruby>二人<rt>ふたり</rt></ruby>です。

   兩個人。

3. <ruby>三人<rt>さんにん</rt></ruby>です。

   三個人。

   ……以下類推。

二、點餐的說法

數量	何人前 (なんにんまえ) 幾人份、幾客	數量	何人前 (なんにんまえ) 幾人份、幾客
1	一人前 (いちにんまえ) 一人份、一客	6	六人前 (ろくにんまえ) 六人份、六客
2	二人前 (ににんまえ) 兩人份、兩客	7	七人前 (ななにんまえ) 七人份、七客
3	三人前 (さんにんまえ) 三人份、三客	8	八人前 (はちにんまえ) 八人份、八客
4	四人前 (よにんまえ) 四人份、四客	9	九人前 (きゅうにんまえ) 九人份、九客
5	五人前 (ごにんまえ) 五人份、五客	10	十人前 (じゅうにんまえ) 十人份、十客

(一) 名詞 を + 数量詞 + 下_{くだ}さい。

1. 牛丼_{ぎゅうどん} を 二人前_{ににんまえ} 下_{くだ}さい。

請給我兩客牛肉蓋飯。

2. ステーキ を 一人前_{いちにんまえ} 下_{くだ}さい。

請給我一客牛排。

(二) 名詞 を + 数量詞 + お願_{ねが}いします。

1. 牛丼_{ぎゅうどん} を 二人前_{ににんまえ} お願_{ねが}いします。

請給我兩客牛肉蓋飯。

2. ステーキ を 一人前_{いちにんまえ} お願_{ねが}いします。

請給我一客牛排。

「下_{くだ}さい」與「お願_{ねが}いします」可以交互運用。

三、水果、糖果等的說法

數量	いくつ 幾個（東西）	數量	いくつ 幾個（東西）
1	ひとつ 一個	6	むっつ 六個
2	ふたつ 兩個	7	ななつ 七個
3	みっつ 三個	8	やっつ 八個
4	よっつ 四個	9	ここのつ 九個
5	いつつ 五個	10	とお 十個

じゅういち（十一）、じゅうに（十二）……以下類推。

（一）名詞 を＋数量＋下（くだ）さい。

（二）名詞 を＋数量＋お願（ねが）いします。

1. 柿（かき）を ひとつ 下（くだ）さい。

   請給我一個柿子。

2. 柿（かき）を ひとつ お願（ねが）いします。

   麻煩給我一個柿子。

   牛丼（ぎゅうどん）を二（ふた）つ下（くだ）さい

   請給我二客牛肉蓋飯。

   ステーキを一（ひと）つ下（くだ）さい

   請給我一客牛排。

四、紙張、襯衫、郵票、被褥等的說法

數量	何枚（なんまい） 幾張、幾件	數量	何枚（なんまい） 幾張、幾件
1	一枚（いちまい） 一張	6	六枚（ろくまい） 六張
2	二枚（にまい） 兩張	7	七枚（ななまい） 七張
3	三枚（さんまい） 三張	8	八枚（はちまい） 八張
4	四枚（よんまい） 四張	9	九枚（きゅうまい） 九張

數量	何枚 幾張、幾件	數量	何枚 幾張、幾件
5	五枚 五張	10	十枚 十張

（十一、十二……）以上就依一般數字的讀法：じゅういち、
じゅうに……等類推。

1. 紙を一枚下さい。

　請給我一張紙。

2. 切手を二枚下さい。

　請給我兩張郵票。

五、車子、電視、冰箱、機器等的說法

數量	何台 幾台、幾部	數量	何台 幾台、幾部
1	一台 一台	6	六台 六台
2	二台 兩台	7	七台 七台
3	三台 三台	8	八台 八台
4	四台 四台	9	九台 九台
5	五台 五台	10	十台 十台

1. テレビ を 一台 下さい
　いちだい　くだ

請給我一台電視。

2. 車 を 二台 下さい。
　くるま　にだい　くだ

請給我兩輛車。

六、書本、雜誌、筆記簿等的說法

疑問詞	何冊 (なんさつ) 幾本、幾冊	疑問詞	何冊 (なんさつ) 幾本、幾冊
1	一冊 (いっさつ) 一冊	6	六冊 (ろくさつ) 六冊
2	二冊 (にさつ) 二冊	7	七冊 (ななさつ) 七冊
3	三冊 (さんさつ) 三冊	8	八冊 (はっさつ) 八冊
4	四冊 (よんさつ) 四冊	9	九冊 (きゅうさつ) 九冊
5	五冊 (ごさつ) 五冊	10	十冊 (じゅっさつ) 十冊

1. 雜誌 を 三冊 下さい。
　ざっし　さんさつ　くだ

請給我三本雜誌。

2. 日本語の本 を 一冊 下さい。
　にほんごのほん　いっさつ　くだ

請給我一本日語課本。

七、咖啡、果汁、茶等的說法

數量	何杯 幾杯	數量	何杯 幾杯
1	いっぱい 一杯 一杯	6	ろっぱい 六杯 六杯
2	に はい 二杯 兩杯	7	ななはい 七杯 七杯
3	さんばい 三杯 三杯	8	はっぱい 八杯 八杯
4	よんはい 四杯 四杯	9	きゅう はい 九 杯 九杯
5	ご はい 五杯 五杯	10	じゅっ ぱい 十 杯 十杯

1. お茶 を 一杯 下さい。

   請給我一杯茶。

2. ジュース を 二杯 下さい。

   請給我兩杯果汁。

八、雨傘、香蕉、領帶等長條形物品的說法

數量	何本 幾枝、幾根、幾條	數量	何本 幾枝、幾根、幾條
1	いっぽん 一本 一枝	6	ろっぽん 六本 六枝

數量	何本 (なんぼん) 幾枝、幾根、幾條	數量	何本 (なんぼん) 幾枝、幾根、幾條
2	二本 (にほん) 兩枝	7	七本 (ななほん) 七枝
3	三本 (さんぼん) 三枝	8	八本 (はっぽん) 八枝
4	四本 (よんほん) 四枝	9	九本 (きゅうほん) 九枝
5	五本 (ごほん) 五枝	10	十本 (じゅっぽん) 十枝

1. 傘 (かさ) を 一本 (いっぽん) 下 (くだ) さい。

請給我一把傘。

2. バナナ を 三本 (さんぼん) 下 (くだ) さい。

請給我三根香蕉。

九、小狗、魚、馬、牛、昆蟲等的說法

數量	何匹 (なんびき) 幾隻、幾條	數量	何匹 (なんびき) 幾隻、幾條
1	一匹 (いっぴき) 一隻	6	六匹 (ろっぴき) 六隻
2	二匹 (にひき) 兩隻	7	七匹 (ななひき) 七隻
3	三匹 (さんびき) 三隻	8	八匹 (はっぴき) 八隻

數量	何匹 なんびき 幾隻、幾條	數量	何匹 なんびき 幾隻、幾條
4	四匹 よんひき 四隻	9	九匹 きゅうひき 九隻
5	五匹 ごひき 五隻	10	十匹 じゅっぴき 十隻

1. 魚（さかな）を 一匹（いっぴき）下（くだ）さい。

   請給我一條魚。

2. 牛（うし）を 二匹（にひき）お願（ねが）いします。

   麻煩給我兩隻牛。

十、手套、襪子、鞋子等的說法

疑問詞	何足 なんぞく 幾雙	疑問詞	何足 なんぞく 幾雙
1	一足 いっそく 一雙	6	六足 ろくそく 六雙
2	二足 にそく 兩雙	7	七足 ななそく 七雙
3	三足 さんそく 三雙	8	八足 はっそく 八雙
4	四足 よんそく 四雙	9	九足 きゅうそく 九雙
5	五足 ごそく 五雙	10	十足 じゅっそく 十雙

1. 靴を一足下さい。

請給我一雙鞋子。

2. 靴下を二足下さい。

請給我兩雙襪子。

　　以上量詞把您搞得昏頭轉向了嗎？但它們確實很重要。雖然如此，因為我們是外國人，如果講得不標準也沒關係。記得我從開始就告訴您們，我教您們的是好用、實用「通」的觀光餐飲日語，還有一些在日本當地旅遊的小技巧，而不是在文法上打滾的艱澀日文。無論如何，以上這些最好都把它學好，如果真的不會，在這裡教您一個祕訣：無論要講的數量詞是什麼，只要用上學過的いち、に、さん……等數字，再加上超好用的實用句：「を下さい」、「をお願いします」再加上國際通用的「肢體語言」，一切都 OK 啦！

　　例：

㈠請給我兩顆柿子。

1. 柿を二下さい。（這是通的日文，但不標準）

2. 柿を二つ下さい。（標準說法）

㈡麻煩給我兩顆柿子。

1. 柿を二お願いします。（這是通的日文，但不標準）

2. 柿を二つお願いします。（標準說法）

雖然文法不是很正確，但是可以通。不信有機會就請您試試看！

第十五單元　年月日與時間　◎17

一、年月（時間）的說法

おととし 前年	せんせんげつ 先々月 上上個月	きょねん 去年 去年	せんげつ 先月 上個月
ことし 今年 今年	こんげつ 今月 本月	らいねん 来年 明年	らいげつ 来月 下個月
さらいねん 再来年 後年	さらいげつ 再来月 下下個月		

這裡的「月」念為「げつ」，是可數的。

いっ か げつ
一ヶ月：一個月

に か げつ
二ヶ月：兩個月

二、月份的說法

なんがつ 何月 幾月	なんにち 何日 幾日	いちがつ 一月 一月	に がつ 二月 二月
さんがつ 三月 三月	し がつ 四月 四月	ご がつ 五月 五月	ろくがつ 六月 六月
しちがつ 七月 七月	はちがつ 八月 八月	く がつ 九月 九月	じゅう がつ 十月 十月
じゅう いちがつ 十一月 十一月	じゅう に がつ 十二月 十二月		

這裡的「月」念為「がつ」，表示月份。

◎請特別注意：何月^{なんげつ}與何月^{なんがつ}的不同

何か月^{なん げつ}：幾個月

何月^{なんがつ}：幾月份

三、日期的說法

一日^{ついたち}　初一	二日^{ふつか}　初二
三日^{みっか}　初三	四日^{よっか}　初四
五日^{いつか}　初五	六日^{むいか}　初六
七日^{なのか}　初七	八日^{ようか}　初八
九日^{ここのか}　初九	十日^{とおか}　初十
十一日^{じゅう いちにち}　十一日	十二日^{じゅう にちにち}　十二日
十三日^{じゅう さんにち}　十三日	十四日^{じゅう よっか}　十四日
十五日^{じゅう ごにち}　十五日	十六日^{じゅう ろくにち}　十六日
十七日^{じゅう しちにち}　十七日	十八日^{じゅう はちにち}　十八日
十九日^{じゅう くにち}　十九日	二十日^{はつか}　二十日
二十一日^{に じゅういちにち}　二十一日	二十二日^{に じゅう ににち}　二十二日
二十三日^{に じゅうさんにち}　二十三日	二十四日^{に じゅうよっか}　二十四日
二十五日^{に じゅう ごにち}　二十五日	二十六日^{に じゅうろくにち}　二十六日
二十七日^{に じゅうしちにち}　二十七日	二十八日^{に じゅうはちにち}　二十八日
二十九日^{に じゅう くにち}　二十九日	三十日^{さんじゅうにち}　三十日

さんじゅういちにち 三十一日　三十一日	

這裡的「日」念為「にち」，表示日期。

1. 今日は何日ですか？
（きょう　なんにち）

今天是幾號呢？

2. 今日 は 一日 です。
（きょう）（ついたち）

今天是一號。

3. 明日 は 三日 です。
（あした）（みっか）

明天是三號。

把□的內容替代應用即可。

四、日（時間）的說法

おととい 前天	せんせんしゅう 先先週 上上週	きのう 昨日 昨日	せん しゅう 先 週 上週
きょう 今日 今天	こん しゅう 今 週 本週	あした 明日 明天	らい しゅう 来 週 下一週
あさって 明後日 後天	さ らい しゅう 再来 週 下下一週		

1. 今日 は何月何日ですか？
（きょう）（なんがつなんにち）

今天是幾月幾號呢？

2. 明日 は何月何日ですか？
（あした）（なんがつなんにち）

明天是幾月幾號呢？

五、曜日（星期）的說法

何曜日 星期幾？	日曜日 星期日	月曜日 星期一	火曜日 星期二
水曜日 星期三	木曜日 星期四	金曜日 星期五	土曜日 星期六

1. 今日は何曜日ですか？

   今天星期幾？

2. 今日 は 日曜日 です。

   今天星期日。

3. 明日 は 月曜日 です。

   明天星期一。

4. 何週間ですか？

   幾個禮拜呢？

5. 一週間 です。

   一個禮拜。

六、時間的說法

今朝 今天早上	今晩 今天晚上	明日の朝 明天早上	明日の晩 明天晚上
あさっての朝 後天早上	あさっての晩 後天晚上	昨日の朝 昨天早上	ゆうべ 昨天晚上
毎朝 每天早上	毎晩 每天晚上		

七、時（點鐘）的說法

いち じ 一時 一點鐘	に じ 二時 二點鐘	さん じ 三時 三點鐘	よ じ 四時 四點鐘
ご じ 五時 五點鐘	ろく じ 六時 六點鐘	しち じ 七時 七點鐘	はち じ 八時 八點鐘
く じ 九時 九點鐘	じゅう じ 十 時 十點鐘	じゅう いち じ 十 一時 十一點鐘	じゅう に じ 十 二時 十二點鐘

八、時間（鐘頭）的說法

いち じ かん 一時間 一個鐘頭	に じ かん 二時間 二個鐘頭	さん じ かん 三時間 三個鐘頭	よ じ かん 四時間 四個鐘頭
ご じ かん 五時間 五個鐘頭	ろく じ かん 六時間 六個鐘頭	しち じ かん 七時間 七個鐘頭	はち じ かん 八時間 八個鐘頭
く じ かん 九時間 九個鐘頭	じゅう じ かん 十 時間 十個鐘頭	じゅう いち じ かん 十 一時間 十一個鐘頭	じゅう に じ かん 十 二時間 十二個鐘頭

「時」與「時間」的不同：

1. 時：指時鐘上的幾點鐘。

2. 時間：指時間上的幾個鐘頭。

九、分鐘的說法

いっ ぷん 一分	に ふん 二分	さん ぷん 三分	よん ふん 四分
ご ふん 五分	ろっ ぷん 六分	なな ふん 七分	はっ ぷん 八分
きゅう ふん 九 分	じゅっ ぷん 十 分	じゅう いち ふん 十 一分	じゅう に ふん 十 二分

◎藍色的部分請注意音變。

1. 出発時間は何時ですか？

出發時間是幾點？

2. 到着時間は何時ですか？

到達時間是幾點？

3. 出発時間は八時十分です。

出發時間是八點十分。

十、疑問詞的說法

なんぷん 何分 幾分鐘？	なんじかん 何時間 幾個鐘頭？
なんにち 何日 幾號？	なんしゅうかん 何週間 幾週？
なんかげつ 何ヶ月 幾個月？◎這裡的「月」念為「げつ」。	なんねん 何年 幾年？

十一、簡單問句

1. 何。（尾音抬高表示疑問）

什麼？

2. 何故。（尾音抬高表示疑問）

為什麼？

3. どこ。（尾音抬高表示疑問）

哪裡啊？

4. どう。（尾音抬高表示疑問）

如何啊？

5. 誰。（尾音抬高表示疑問）
<small>だれ</small>

誰啊？

6. どれ。（尾音抬高表示疑問）

哪個啊？（三個以上）

7. どちら。（尾音抬高表示疑問）

哪個啊？哪邊啊？。

8. いつ。（尾音抬高表示疑問）

什麼時候啊？

9. 何時。（尾音抬高表示疑問）
<small>なん じ</small>

幾點？

10. すみません、今何時。
<small>いまなん じ</small>

請問現在幾點？

11. いくら。（尾音抬高表示疑問）

多少錢？

12. いくつ。（尾音抬高表示疑問）

幾個？

13. どのくらい。（尾音抬高表示疑問）

距離多遠？（或時間多久）

辛苦了！以上學了那麼多單字，有一點累吧？但是句子的構造幾乎都在「お願いします」、「下さい」、「すみません」這三句裡。

「通」的日語是不是很簡單呢？在這恭喜您突破第一階段，希望您再接再厲，加油吧！只要熟用這三句就可暢遊日本。如果您認為還要更進一步，就繼續研讀下列日常實用會話，可讓您功力增強哦！

第十六單元　日本文化と芸術（日本文化與藝術）　🎧18

一、日本藝術單字

書道 しょどう 書法	茶道 さどう 茶道	華道 かどう 花道	生け花 い　ばな 插花

二、宗教（宗教）單字與句型

祭り まつ 祭典	お賽銭 さいせん 香油錢	おみくじ 抽籤	お守り まも 護身符
寺 てら 寺	教会 きょう　かい 教堂	神宮 じんぐう 神宮	神社 じんじゃ 神社
神道 しんとう 神道	仏教 ぶっ　きょう 佛教	キリスト教 きょう 基督教	カトリック 天主教

1. 日本のお祭り を見たいです。

我想看日本廟會。

見たい：想看

2. 華道 を見たいです。

我想看花道。

三、攝影單字

写真	撮影	ビデオ	映画
照相	攝影	錄影帶	電影

1. 写真 を撮ってもいいですか？

可以照相嗎？

2. ビデオ を撮ってもいいですか？

可以拍攝錄影帶嗎？

3. ここで撮影してもいいですか？

這裡可以攝影嗎？

如果想請人幫您照相而不知該怎麼講的話，現在教您一句較簡單「通」的表達法。

4. 写真 をちょっとお願いします。

麻煩幫我照一下。

ちょっとお願いします：麻煩一下子

把照相機拿給對方，順便說「ちょっとお願いします」（麻煩一

下）。對方一聽，就會了解您的意思。相信我，這一句真的非常好用。

四、日本の年中行事（日本的慶典活動）

お正月 過年	元日 元旦
端午の節句　子供の日 端午節／男孩節（5月5日）	雛祭り 女兒節（3月3日）
七夕 七夕（7月7日）	お盆 中元節（8月15日）

五、お天気（天氣）與句型

晴れ 晴天	曇り 陰天	雪 下雪	雨 下雨

1. 今日は いいお天気 です。

   今天天氣很好。

2. 今日は 雨 です。

   今天下雨。

六、中文姓氏

王	欧	汪	翁	沈	陳	郭	馬
官	韓	管	簡	甘	関	顔	胡
顧	孔	高	候	江	黃	康	伍

ご 呉	か 夏	か 何	てい 丁	てい 鄭	てい 程	き 紀	とう 鄧
とう 唐	とう 陶	とう 董	とう 湯	とう 党	らい 雷	らい 頼	し 施
りょう 梁	りょう 廖	りょう 凌	しん 秦	しん 沈	えん 閻	えん 袁	し 史
りゅう 龍	りゅう 劉	りゅう 柳	ら 羅	よう 楊	よう 葉	よう 容	よう 姚
よ 余	さい 齊	さい 蔡	さい 崔	さい 柴	ちょう 趙	ちょう 張	しゅう 周
しゅく 祝	しゅ 朱	り 李	そう 荘	そう 宋	そう 曹	そう 曾	きょ 許
きゅう 丘	きゅう 宮	きゅう 邱	はく 白	と 杜	きん 金	だん 段	もう 毛
もう 孟	おん 温	ろ 盧	ろ 魯	ろ 呂	しょう 邵	しょう 章	しょう 鐘
しょう 鍾	しょう 蒋	しょう 焦	しょう 蕭	しゃ 車	しゃ 謝	じょ 徐	そん 孫
か 柯	れん 連	たい 戴	こ 古	こ 賈	ふ 傅	すう 鄒	でん 田
せき 石	ゆう 熊	ゆう 尤	そ 蘇	ひょう 馮	ほう 包	ほう 方	げん 阮
げん 嚴	ゆ 俞	げい 倪	きょく 曲	じょう 饒	じょう 聶	りく 陸	せん 錢
ほう 彭	いん 殷	いん 尹	れい 黎	りん 林	ぎ 魏	はん 范	にん 任
く 區	う 于	ゆう 游	たく 卓	えき 易	がく 岳	きょう 姜	ぼく 朴
ろう 郎	ふ 巫	と 屠	ばん 萬	はん 潘	くつ 屈		

PART 2

基礎實用觀光會話

第一單元　招呼問候實用會話　⊘19

1. おはようございます。

   早安。（用於早晨見面第一句話、不管是下午或是晚上，可用於餐廳工作場所交接班見面的第一句話）

2. こんにちは。

   午安。（用於過中午以後之問候語）

3. こんばんは。

   晚安。（用於太陽下山後夜晚之問候語，如同英文的 Good evening）

   お休(やす)みなさい。

   晚安。（用於臨睡前之問候語，如英文的 Good night）

   ＊兩者都可當晚安，但用法不同。

4. 初(はじ)めまして。

   初次見面，如所稱的「幸會幸會」。（對不認識的人初次見面的禮貌問候語，就如同英文的 How do you do?）

5. 私は王と申します。

敝姓王。

6. どうぞよろしくお願いします。

請多多指教。

7. こちらこそ。

彼此彼此。

8. お元気ですか？

您好嗎？

＊您可簡單回答「元気です」（我很好），或下一句：

9. おかげさまで、元気です。

託福託福，我很好。

10. おひさしぶりです。

好久不見。

11. さよ（う）なら。

再見。

12. じゃ、また（あした／来週／来月／来年）。

那麼，（明天／下週／下個月／明年）再見面。

13. お先に。

我先離開。（我先失陪了，表我先告辭）

14. 失礼ですが。

對不起。（表示失禮之意，相當於英語 Excuse me）

15. どうぞ。

請。

16. すみません。

對不起、謝謝。

17. どうも。

對不起、謝謝。（比較輕微的感謝或對不起之意）

18. どうも有難う御座います。

非常謝謝。（ありがとうございます，表示平常情況下的謝謝之意，如加どうも這個字，表鄭重的感謝，「Thank you very much」之意）

19. いいえ、どういたしまして。

不，不用謝。（不用客氣，如「You are welcome」之意）

20. ちょっと待って下さい。

請等一下。

21. ごめんなさい。

對不起。（如英文 Excuse me 或 I am sorry）

22. 遅れて、すみません。

我來遲了，對不起。

23. お名前は。

請問貴姓？

＊這裡的「は」發音為「wa」而且尾音要拉高，當疑問句使用。

24. 私の名前は王小明です。

我是王小明。

25. 日本語は少し出来ます。

會一點點日語。

少し：一點點

出来ます：會、可以

26. もう一度言ってください。

請再說一次。

27. 気にしないでください。

請不要介意。

28. お願いします。

拜託。（請幫我做什麼事，或請給我什麼東西）

29. 私は台湾から来ました。

我來自台灣。

30. 日本は初めてです。

我第一次到日本來。

31. お電話番号は？

請問電話號碼是？

携帯番号は？

手機幾號？

＊「は」這個字，尾音要拉高，表示疑問的意思。

32. とても面白いです。

非常有趣。（「とても」表示非常的意思）

33. 美味しいです。

　　很好吃。（とても美味しいです。表示非常好吃）

34. うまいです。

　　很好，不錯。（表示能力很好，如歌唱得很好）

35. はい、分かりました。

　　是的，了解。

36. いいえ、分かりません。

　　不，不了解。

37. いくらですか？

　　多少錢？

38. 高いです。

　　太貴。

39. 安いです。

　　便宜。（激安則表示「超便宜」）

40. 負けて下さいませんか？

　　能不能便宜一點？

41. いくつですか？

　　要幾個？

42. ごゆっくり。

　　請慢慢來。

43. 予約してありません。

　　沒有預約。

44. 予約〔よやく〕したいです。

我想預約。

45. もう一杯〔いっぱい〕下〔くだ〕さい。

請再給一杯。

46. 立入〔たちい〕り禁止〔きんし〕です。

禁止入內。

第二單元　觀光實用會話　🎧20

1. 観光バスは何時出発ですか？

観光巴士幾點開車？

2. 東京駅への道を教えて下さい。

請問往東京車站怎麼走？

3. バス停はどこに有りますか？

バス停はどこですか？

巴士招呼站在哪裡？（兩句意思一樣）

4. 空港に行くのはどのバスですか？

請問哪班巴士可以開往機場？

5. タクシーをお願いします。

請幫我叫計程車。

6. 新宿プリンスホテルまでお願いします。

請送我到新宿王子大飯店。

7. 何分くらいかかりますか？

需要幾分鐘？

8. 切符売り場はどこですか？

售票處在哪裡？

9. ここ空いてますか？

請問這裡有人坐嗎？

10. この通りは何といいますか？

這條路叫什麼？

11. 写真を撮ってもいいですか？

可以照個相嗎？

12. シャッターを押して下さいませんか？

幫忙照個相可以嗎？

13. この紙に地図を書いてくれませんか？

請在這張紙上畫個地圖可以嗎？

14. その赤いバッグを見せて下さい。

請讓我看看那個紅色包包。

15. 別の色は有りますか？

有沒有其他顏色的呢？

16. クレジットカードは使えますか？

能不能使用信用卡？

17. 台北に送ってもらえますか？

能不能替我寄往台北？

18. カタログを見せて下さい。

能否讓我看看目錄？

19. 大丈夫です。

只是看看而已。（表示不買）

20. 試着してもいいですか？

可以試穿嗎？

21. もう少し安いのは有りますか？

有沒有更便宜一點的呢？

22. お勘定をして下さい。

請結帳。

23. これは私が注文したものでは有りません。

這個不是我要點的東西。

24. 部屋を予約したいのですが。

我要預約房間（「が」，不是疑問句的「か」）

25. 貴重品を預かってほしいのですが。

我想寄放貴重物品。

（「が」不是疑問句的「か」，在這裡表示「但是」。整句的

意思是：我想要這樣做但是不知可否）

26. 七時半に起こして下さい。

請早上七點半叫我。

27. このシャツをプレスして下さい。

請燙一下這件襯衫。

28. ルームサービスをお願いします。

請把餐點送到房間來。

29. チェックインは何時からですか？

幾點可以辦理住房手續呢？

30. チェックアウトは何時ですか？

退房時間到什麼時候截止？

31. 両替をして頂けませんか？

可以兌換外幣嗎？

32. 部屋に鍵を置いてきてしまいました。

我的鑰匙忘在房間裡面

33. 三名ですが席は有りますか？

有三個人的座位嗎？

34. 今日のお勧めは何ですか？

今天推薦什麼好吃的呢？

35. とてもおいしかったです。

非常好吃。（おいしかった是おいしい的過去式，表示用完餐，很好吃）

36. ご馳走様でした。

很好吃，謝謝招待。（用餐完即將離開時的禮貌語）

37. ゆっくり話して下さい。

請說慢一點。

38. お会い出来て嬉しいです。

很高興認識您。

39. 私は陳と申します。よろしくお願いします。

敝姓陳，請多多指教。

40. 私の家族を紹介します。

讓我介紹我的家人。

41. 有り難う御座いました。

謝謝您了。（「ございました」是完成式）

42. ここで喫煙してもいいですか？

可以在這裡吸菸嗎？

43. お名前とご住所を教えて下さいませんか？

能否請教您的姓名和地址？

44. 現金を盗まれました。

現金被偷了。

45. この絵葉書を台湾に送りたいのですが。

我想把這張風景明信片寄到台灣。

46. 日本には何時に到着しますか？

幾點才能到達日本？

47. 私の荷物が見つかりません。

找不到我的行李。

48. 私の席はどこでしょうか？

我的座位在哪裡？

49. 気分が悪いのですが薬は有りますか？

　　身體有點不舒服，有藥嗎？

50. 窓際の席に移ることは出来ますか？

　　能換到靠窗座位嗎？

第三單元　生活實用會話　⊘21

1. すみません、今何時ですか？

   對不起，現在是幾點？

2. これは何ですか？

   這是什麼東西？

3. お願いが有るんですが？

   能否幫一下忙？

4. 電話を貸して下さい。

   電話請借一下。

5. えーと

   （日本口頭語，意思是：嗯，讓我想一想。如同英文的 Let me see.）

6. 私の言ったことが分かりますか？

   我所說的您了解嗎？

7. ここに書いて下さい。

   請在這裡寫一下。

8. ここにサインして下さい。

   請在這裡簽一下名。

9. もう一度言って下さいませんか？

請再說一次可以嗎？

10. 私は分かりません。

我不了解。

11. 私は知りません。

我不知道。

12. ああ、そうですか。

啊！原來如此。

13. どちらへ？

要去哪裡？（計程車司機會問您去哪裡呢？）

14. 東京駅に行って下さい。

請往東京車站。

15. ご心配なく。

不用擔心。

16. 急いで下さい。

請快一點。

17. どうぞ、こちらへ。

請往這邊走。

18. どうぞ、お先に。

請，請先走。

19. 足元にご注意下さい。

請小心走。

20. コーヒーになさいますか、お茶になさいますか？

您要咖啡還是要茶？

21. 少しでいいです。

一點點就好。

22. いりますか？

需要嗎？

23. いいえ、いりません。

不，不需要。

24. もう、これ以上いりません。

夠了，這些以上都不需要。

25. この席は空いてますか？

這個座位有人嗎？

26. はい、空いてます。

是的，這個座位是空的。

27. どうぞ、お掛け下さい。

請，請坐。

28. どうぞ楽になさって下さい。

您就不用客氣地享用吧！（Make yourself at home.）

29. ご自由にお取り下さい。

您就自己來，不用客氣。（Help yourself.）

30. これはまだ有りますか？

這個東西還有嗎？

31. 売り切れです。

已經賣完。

32. 何か私に伝言は有りますか？

有沒有我的留言？

33. 荷物は何個ですか？

行李有幾個呢？

34. 全部で三個です。

全部三個。

35. 荷物は赤い荷札がついています。

行李掛有紅色行李牌。

36. 何が食べたいですか？

想要吃什麼？

37. 日本料理が食べたいです。

想吃日本料理。

38. あれと同じものを下さい。

請給我和那個一樣的菜。

39. お勘定をお願いします。

請買單。

40. お会計をお願いします。

請買單。請結帳。

41. 御あいそう。

請買單。（日本料理店常常聽到）

42. すみませんが、シャッターを押して下さい。

對不起，請幫我按一下快門可以嗎？

43. ここで写真を撮ってもいいですか？

在這裡拍照可以嗎？

44. 私と一緒にカメラに入って下さいませんか？

請和我一起照個相可以嗎？

45. 切符はどこで買えますか？

在哪裡可以買到車票？

46. 日帰りのコースは有りますか？

有當日來回的行程嗎？

47. 一泊二食付きのツアーは有りますか？

有含一宿兩餐的旅行團嗎？（日本的溫泉旅館，大都安排一夜
住宿及早、晚餐）

48. すみません、タクシーを呼んで下さい。

對不起，請幫我叫輛計程車。

49. この近くにトイレは有りますか？

這附近有洗手間嗎？

50. 新宿駅行きはどのホームですか？

要去新宿車站是第幾月台？

51. この電車は有楽町に行きますか？

   這電車是開往有樂町的嗎？

52. 浅草へはどこで乗り換えますか？

   去淺草要在哪裡轉車呢？

PART 3

日本地理、環境、風俗、民情

第一單元　實用基本資訊　⊘22

一、全國概況

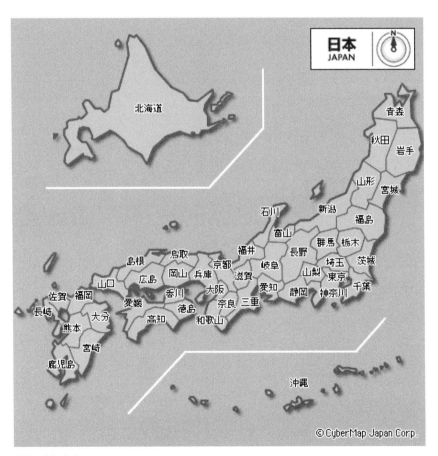

本地圖參考自：http://map.yahoo.co.jp

日本列島分布於亞熱帶至亞寒帶之間，南北跨越三千三百公里，由兩千個以上大大小小的島嶼組成，其中最主要的四大島為：

北海道（ほっかいどう） 北海道	本州（ほんしゅう） 本州	四国（しこく） 四國	九州（きゅうしゅう） 九州

行政區域分為：

一都、一道、二府、43 縣。

一都：東京都（とうきょうと）

一道：北海道（ほっかいどう）

二府：大阪府（おおさかふ）、京都府（きょうとふ）

43 縣：43 県（けん）

二、各地方名稱

(一)東北地方：以下六個縣稱為東北地方

あおもり 青森　青森	いわて 岩手　岩手	あきた 秋田　秋田	やまがた 山形　山形
みやぎ 宮城　宮城	ふくしま 福島　福島		

(二)関東地方：以下七個縣稱為關東地方

いばらき 茨城　茨城	とちぎ 栃木　櫔木	ぐんま 群馬　群馬	さいたま 埼玉　埼玉
とうきょう 東京　東京	かながわ 神奈川　神奈川	ちば 千葉　千葉	

(三)中部地方：以下九個縣稱為中部地方

にいがた 新潟　新潟	ながの 長野　長野	やまなし 山梨　山梨	とやま 富山　富山
いしかわ 石川　石川	ぎふ 岐阜　岐阜	しずおか 静岡　静岡	あいち 愛知　愛知
ふくい 福井　福井			

(四)近畿地方：以下七個縣稱為近畿地方

しが 滋賀　滋賀	ひょうご 兵庫　兵庫	みえ 三重　三重	きょうと 京都　京都
なら 奈良　奈良	おおさか 大阪　大阪	わかやま 和歌山　和歌山	

(五)中国地方：以下五個縣稱為中國地方

とっとり 鳥取　鳥取	おかやま 岡山　岡山	ひろしま 広島　廣島	しまね 島根　島根
やまぐち 山口　山口			

㈥四国地方：以下四個縣稱為四國地方

香川　香川	徳島　德島	愛媛　愛媛	高知　高知

㈦九州地方：以下七個縣稱為九州地方

福岡　福岡	大分　大分	佐賀　佐賀	長崎　長崎
熊本　熊本	宮崎　宮崎	鹿児島　鹿兒島	

㈧離島的一個縣：沖縄

三、氣候概況

　　日本的氣候四季分明，分為「春」、「夏」、「秋」、「冬」。地形、位置不同，氣候也有所變化。由於潮流、季風等因素，北海道與日本海（裡日本）地區，冬天幾乎一片銀白色的雪國之鄉。

㈠春、秋

　　天氣比較暖和，春天賞「桜」（櫻花），秋天賞「紅葉」或稱「もみじ」（楓葉）的好時機。但溫差較大，所以外出時要準備一件薄外套以便隨時可用。如果遇到下雨，コンビニ（超商）裡可買到雨傘，大約日幣￥500円，非常方便，有的旅客甚至捨不得丟，把它帶回台灣做紀念。

㈡夏

　　　平均氣溫為 28℃～30℃，天氣很好，百花盛開，夏天穿上可吸汗的薄襯衫或 T 恤最為適合，對女士朋友的建議：陽傘、帽子及防曬系列的用品多少也準備一些。

㈢冬

　　　氣溫很低且乾燥，尤其越北方下雪越多，是玩「雪」（雪）的好時機，一片銀白色雪國，大衣、圍巾、手套、毛襪、長統靴、防凍傷裝備等都是不可少的。因為到處結冰，路上很滑，切記不要因天氣冷，雙手插口袋而失去平衡，摔斷手腳。

㈣気候（氣候）

暑い	寒い	暖かい	涼しい
炎熱	寒冷	溫暖	涼爽

㈤天気（天氣）

晴れ	曇り	風	雨
晴天	陰天	颱風	雨天

1. 今日は 暑い です。

　　今天很熱。

2. 今日は 雨 です。

　　今天下雨。

　　＊…… 可自由替換套用

四、生活資訊

(一)時差（時差）

日本比台灣快一小時，如日本時間下午兩點鐘，就是台灣下午一點鐘。飛機到達日本機場後，在遊覽車上，最好與導遊對好當地時間，以免造成不必要的困擾。

(二)言葉（語言）

在日本的通用語當然是日語，其他如英語或中文並不普遍。觀光客用英語在日本旅遊並不是很通用。中文在一些風景區的賣店多少會通一點點，尤其在購物方面，用一點點您懂的日語，加上一些英文數字，再加一些肢體語言，相信您去買東西時，會一路暢通 GO！GO！GO！買得很快樂。不管如何，單字還是很重要的。

(三)買い物（購物）

一般商店街的營業時間大約早上 10 點開門，下午 8 點關門，至於百貨公司營業時間大約早上 10 點開門，大約下午 7 點關門，星期假日大都照常營業，只有一些特別專門店假日也是休息。

(四)電圧（電壓）

台灣電壓與美國相同，都是 110 伏特，日本是 100 伏特，有點差別。原則上台灣電器用品到日本應該都可用，短暫使用沒問題，如要長期使用就不建議，因為容易壞掉。至於插座為雙孔扁腳型，與台灣使用的大約相同，沒有不便之處。

（五）国際電話（國際電話）

很多台灣旅客一到日本，就急著打電話回台灣。所以一個旅遊者應該懂得如打國際電話，而且還要知道電話卡在哪裡買。日本的電話卡公司有很多家，MOSHI MOSHI CARD（0088＋0041）、KDDI SUPER WORLD CARD（0055+⋯⋯），最好用的是能直撥的 NTT 電話卡（001＋010）。

例如：打回高雄：07-2234567 時

001　＋　（010）＋　886　＋　7　＋　2234567
國際電話識別碼＋台灣國碼＋高雄地區碼＋電話號碼

1. 有的地方要加（010）

2. 台北地區碼 2

3. 台中地區碼 4

例如：打回台灣手機：0932123456 時，要打

001　＋　（010）＋　886　＋　932123456
國際電話識別碼＋台灣國碼＋手機電話號碼。

4. 如用手機撥號，教您一個簡單快速的打法：

用快速按鍵使（＋）這個鍵顯出時+（886 台灣國碼）+（地區碼）+（電話號碼）。

5. 如果打手機，就省掉地區碼而直撥手機碼即可。

五、東京都內交通

東京交通系統非常便利，有環繞東京都心的黃綠色電車 JR（Japan Railway）「山手線」<ruby>山手線<rt>やまのてせん</rt></ruby>（山手線）、橫切都心行駛的橙色電車「中央線」<ruby>中央線<rt>ちゅうおうせん</rt></ruby>（中央線）、黃色電車「総武線」<ruby>総武線<rt>そうぶせん</rt></ruby>（總武線）。東京的鐵道路線主要是以 JR 線為主，在 JR 山手線的內側地下，有各個不同路線的地下鐵。在外側有開往郊區的放射型私鐵路線。

對於地下鐵路線圖，不管當領隊或自由行的人，多少一定要懂得如何搭車、轉車、購票。雖然看起來很複雜，只要稍加指點，您就會 OK 的。因為「地下鉄」<ruby>地下鉄<rt>ちかてつ</rt></ruby>（地下鐵）的車站名，幾乎都是漢字，票價、轉車站的標示都非常清楚，只要按照圖示行走，很容易就懂。有機會還是去闖闖看，我想這也是種另類的旅行吧！

自動剪票閘口

六、購買車票實用單字

じょう しゃけん 乗 車券 乘車票	きっぷ うんちん 切符 運賃 車票 票價
おと な 大人 大人	こども しょうじん 子供或 小人 小孩（票分大人及小孩）
JR 日本鐵路公司	してつ 私鉄 私人鐵路公司
と け 取り消し 取消買票退回硬幣	よ だ 呼び出し 服務鈴
かいすうけん 回数券 優惠票（買 11 張送 1 張）	いちにちじょうしゃけん 一日 乗 車券 當日有效特惠票
かいさつぐち 改札口 剪票口	の か ぐち 乗り換え口 換車處、轉車站

東京地下鐵路線圖

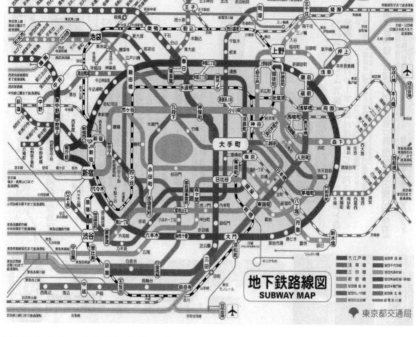

本地圖參考自：東京大都會捷運系統

第二單元　著名觀光景點簡介　◎23

一、東京（東京）都內代表性景點

新宿 新宿	原宿 原宿	渋谷 澀谷	池袋 池袋
上野 上野	浅草 淺草	銀座 銀座	新橋 新橋
横浜 橫濱	お台場 台場	秋葉原 秋葉原	六本木 六本木

東京ディズニーシー（東京迪士尼海洋樂園）

㈠新宿（新宿）

　　東京都廳所在地，東口是購物和美食的天堂，西口是超高大樓群。伊勢丹新宿店（伊勢丹百貨公司新宿店），東急百貨店（東急百貨公司），歌舞伎町四周飲食店、酒吧、劇場、電影院、遊樂中心是活力無限的不夜城。

㈡銀座（銀座）

　　一流的百貨公司及日本最新品的專賣店，臨近最熱鬧有趣、約會人潮最多地區：「有楽町」及「新橋」，是處處充滿日本味道的城市。

㈢横浜（横濱）

　　山下公園是一處沿著橫濱港延伸，集世界各國歷史故事的雕塑公園。有「世界客輪館」的「冰川丸」停靠在公園旁，中華街是日本的唐人街，一百八十多家的家鄉料理更是特色。

㈣お台場（台場）

　　新興的東京灣海濱遊樂地。有超大型摩天輪，一座面向海洋的巨大輪船造型的綜合性休閒設施「東京海濱迪克斯」裡，有近六十家購物商店及餐廳，大江戶溫泉物語，露天溫泉、足湯、小酒館、江戶時代古老商店街，可說是老少皆宜的好地方。

㈤秋葉原（秋葉原）

　　通稱東京地區的電器街，各色各樣的電器新品或電器材料備品，也有專門給外國觀光客購買的電器免稅店。

㈥六本木（六本木）

　　六本木交叉口是該區最熱鬧的地區，在六本木通和外苑通一帶，聚集了俱樂部和高級餐廳，是充滿國際化氣氛的夜間遊樂區。

㈦原宿（原宿）

　　個性化的精品，世界名牌專賣店。表參道兩側都是各具特色的建築經典之作，可稱為藝術之道，同時也可讓您掌握最新潮流走向。

㈧渋谷（澀谷）

　　最新的流行品、個性化的精品、名牌貨應有盡有，是年輕人聚會與掌握流行新資訊的地方。

㈨池袋（池袋）

　　車站兩邊有許多有名的大型百貨公司，如東武百貨、三越百貨、太陽城百貨等。這個風貌獨特的城市，已經吸引了很多年輕朋友的目光。

㈩上野（上野）

　有個充滿藝術氣息及活力的「上野公園」（上野公園）、「上野動物園」（上野動物園），櫻花季時更是一個賞花的都會公園。アメヤ横丁則充滿廉價商店街活力十足的「安い！安い！」（便宜！便宜！）「いらっしゃい！いらっしゃい！」（歡迎光臨！歡迎光臨！）吆喝聲！

㈩浅草（淺草）

　充滿江戶赤子熱情，彌漫古都風情的城市，有 1400 年歷史，也有東京最古老且香火鼎盛的「雷門」（雷門）、「観音寺」（觀音寺）。擁有江戶時代氣氛的傳統商店街，讓您有時空倒轉的感覺。

二、東京近郊風景區

鎌倉	箱根	伊豆
鎌倉	箱根	伊豆

㈠鎌倉（鎌倉）

　充滿歷史文化且寧靜優雅的名剎古都。體驗宗教之旅的好地方，有七百五十年歷史的日本國寶，青銅合金的「鎌倉大仏」（鎌倉大佛）。

㈡箱根（箱根）

　富士箱根伊豆國立公園，擁有自然天成的湖光山色，也是

水資源豐富的溫泉鄉。「芦ノ<ruby>芦<rt>あし</rt></ruby><ruby>ノ<rt>の</rt></ruby>
<ruby>湖<rt>こ</rt></ruby>」（蘆之湖）是一弓形的火
山湖，可見杉木並列，富士山
倒影相映成趣。雕刻森林美術
館、箱根關所遺跡等景點。

(三)<ruby>伊豆<rt>い ず</rt></ruby>（伊豆）

　　有著海天相輝映的風光，還有別具特色的泡湯景緻，令人佩
服大自然的鬼斧神工「堂之島」，四季花卉庭園「虹之鄉」等名
勝。

三、<ruby>大阪<rt>おおさか</rt></ruby>（大阪）地區風景點

<ruby>梅田<rt>うめ だ</rt></ruby>	<ruby>心斎橋<rt>しんさいばし</rt></ruby>	<ruby>大阪 城<rt>おおさか じょう</rt></ruby>
梅田	心齋橋	大阪城

(一)<ruby>梅田<rt>うめ だ</rt></ruby>（梅田）

　　梅田地下街是大阪人及外國觀光客喜歡逗留的地方，阪急東
路商店街，白天熱鬧非凡，晚上活力四射，餐廳街、個性化商店
是您不可錯過的地方。

(二)<ruby>心斎橋<rt>しんさいばし</rt></ruby>（心齋橋）

　　心斎橋筋是從心齋橋到道頓堀，南北貫穿心齋南區的購物
街。這個區域總是人潮洶湧，熱鬧充滿活力，居酒屋、餐廳、
CLUB 等不夜城。

㈢大阪 城（大阪城）
<ruby>大阪城<rt>おおさかじょう</rt></ruby>

　　是大阪的地標，周圍一大片綠樹濃密的大阪城堡公園，園內
梅花與櫻花樹。當花季來臨，男女老少或情侶都到此觀賞遊樂，
尤其在守護大阪城的天守閣，可以一眼眺望整個大阪市，是一個
值得參觀的景點。

四、京都（京都）府重要景點

京都タワー 京都鐵塔	京都駅 京都車站	西本願寺 西本願寺
金閣寺 金閣寺	銀閣寺 銀閣寺	嵐山 嵐山
清水寺 清水寺	平安神宮 平安神宮	八坂神社 八坂神社
東本願寺 東本願寺	渡月橋 渡月橋	哲学の道 哲學之道

(一)京都之美

　　千年歷史薰陶下的魅力之都，春櫻花、夏新綠、秋紅葉、冬白雪，一年四季分明，輝煌燦爛的世界遺產。城市到處散布著令人留連的細長優雅街景，庭院深深的庭園建築之美及沐浴在自然之中的千年古剎。

(二)京都タワー（京都鐵塔）

　　位於京都車站正對面，高達 131 公尺，形狀像蠟燭的高塔，離地面 100 公尺處的展望台，京都的地標，可把京都府盡收眼底，如果天氣好視線佳時，還可遠眺大阪城。

(三)京都駅（京都車站）

　　最具代表現代京都的市容，有旅館、百貨公司、劇院、美術館等，還可在「禮品小路」上找尋珍奇罕見的土特產品，讓人體驗出純樸的千年古都帶點現代的優雅。

㈣西本願寺（西本願寺）

　　是淨土真宗本願寺的大本山，日本最古老的能劇舞台，也是世界規模最大的書院，其華麗而纖細的建築技術，充分表現出桃山時代的文化精髓。

㈤東本願寺（東本願寺）

　　正式名稱為真宗本廟，是世界最大的木造建築寺院，有御影堂及阿彌陀堂，供奉親鸞聖人，是京都一所莊嚴肅穆的寺院。

㈥金閣寺（金閣寺）

　　又名鹿苑寺，足利義滿大將軍所建立的迴遊式庭園，寂靜優雅的山水庭園，整棟建物使用金箔鑲貼而成，金碧輝煌。

㈦銀閣寺（銀閣寺）

　　是足利義滿大將軍的孫子 —— 足利義政模仿西芳寺所建造的，為北山文化的代表作，雖然沒有用銀箔鑲貼，但其沉穩寧靜的氣氛不輸金閣寺。

㈧嵐山（嵐山）

　　嵐山一直保有過去平安時代的舊有景觀，櫻花、紅葉相映在風光明媚的竹林小道，橫跨於桂川上的渡月橋。橋頭開始就是各式商店、老鋪、和果子等商店、是採購京都土產、喝茶、散步的好地方。

㈨渡月橋（渡月橋）

　　長 154 公尺的優美木製橋，橫跨大堰川上。平安時代稱法輪寺橋，是欣賞嵐山四季美景的好地方。

㈩清水寺（清水寺）
きよみずでら

　　　祀奉觀世音菩薩，是京都屈指可數的名剎，以清水舞台出名的本堂，是日本國寶。從這裡可眺望整個京都的全景，音羽瀑布是京都有名的聖水，聽說喝下可以增長智慧、愛情圓滿、長命百歲。

㈪平安神宮（平安神宮）
へいあんじんぐう

　　　為了紀念恒武天皇至孝明天皇平安遷都 1100 年，於 1895 年建造的碧瓦與朱紅色殿，左青龍右白虎，朱紅色殿背後的神苑，是池泉迴遊式庭園，櫻花季時紅枝垂櫻於湖上，映畫出妖豔英姿。

㈫八坂神社（八坂神社）
や　さかじんじゃ

　　　八坂神社平安初期創建的古社，因「祇園」的名氣響亮而擁有廣大信徒，是消災、商旅、解惡的守護神。神社旁有圓山公園，春秋兩季櫻花與紅葉盛開著，尤其春天的「垂櫻」更是有名。

（圭）哲学の道（哲學之道）

　　　從銀閣寺到若王子橋之間沿著疏水道的寧靜小路，是春櫻與紅葉的散步道。由於任教京都大學的哲學家西田幾太郎喜歡散步此間而得名。兩旁有氣氛好且富有品味的咖啡屋，可說是古文明與現代文化相結合的思索之道。

五、其他有名地區

奈良	神戸	名古屋	福岡
奈良	神戶	名古屋	福岡

（一）奈良（奈良）

　　　奈良擁有悠久的歷史文化，在 1300 年前是日本經濟、政治、文化的古都，舊時稱之「平城京」。東大寺大佛是世界上最大的室內鍍金青銅佛像，奈良公園也是有名的梅花鹿公園。

（二）神戸（神戶）

　　　是大阪外港，街道充滿異國情調，有驚豔萬分的海港夜景，是享受購物、美食、休閒娛樂的超人氣景點。

（三）名古屋（名古屋）

　　　又名「中京」，因介於東京與大阪之間。為日本第三大都市，同時也是輕工業都市，約 400 年歷史的名古屋城是該市的象徵。

(四)福岡（福岡）

又名為（博多），是現代與傳統並存的旅遊城市，熱鬧的天神地下街、傳統的博多小吃街。主要景點有學術氣息的太宰府，現代科技的福岡塔。博多運河城是一新商業區，也是年輕人的最愛，可讓您真正體會出福岡的青春活力。

六、北海道（北海道）著名景點

札幌 札幌	千歳 千歳	小樽 小樽	函館 函館
富良野 富良野	網走 網走	層雲峽 層雲峽	登別 登別

(一)札幌（札幌）

北海道第一大都市，也是文化與經濟都市，充滿豐富的大自然景觀與北海道開拓時的古老建築，可說是優雅而美麗的北國大都會。著名的時計台（時計台）、大通公園（大通公園）、北海道舊道廳舍、拉麵橫丁，還有北國最大的歡樂場—狸小路商店街（狸小路商店街）。

(二)千歳（千歳）

是北海道的國內與國際機場，北海道往來世界各地的空中門戶。

㈢小樽（小樽）
<ruby>お<rt></rt></ruby>

為舊時北海道的華爾街，是當時金融與商港的集散地，如今是一個充滿古典優雅浪漫情懷的觀光據點。有著名的玻璃工坊、浪漫的咖啡店及壽司店等。

㈣函館（函館）

北海道的門戶，自 1859 年開港以後，即成為繁榮的國際貿易商港，充滿異國情懷的建築物、古街道更是讓您回味無窮。有函館山看夜景，金森倉庫、哈利斯特正教會、五稜郭塔等風景點。

㈤富良野（富良野）

充滿薰衣草香味的紫色故鄉，口感極佳的乳酪工坊。自家釀造的葡萄酒，薰衣草田，配合季節盛開的大波斯菊和洋蘭，構成一副大自然的花田拼畫。

㈥網走（網走）

網走位於鄂霍次克海沿岸，於 1912 年建網走監獄，是昔日因犯流放之地。冬季可搭觀光碎冰船「AURORA」號，觀看海面上靜靜浮動的流冰。

(七)層雲 峽（層雲峽）
そううんきょう

　　莊嚴壯觀孕育出大自然藝術般的岩壁，有動感十足美妙的瀑
布，如：銀河瀑布、流星瀑布，還有層雲峽溫泉，大函、小函峽
谷等名勝。

(八)登 別（登別）
のぼり べつ

　　登別是一個很有名的溫泉鄉，還有熊牧場、地獄谷火山帶。
附近有尼克斯海洋公園，海獅、海豚及可愛的國王企鵝更是吸引
人。

第三單元　日本的飲食文化　◎24

　　日本人愛吃生魚片，全國各種有名的食物中，壽司店的精緻美食
最受歡迎。日本與台灣一樣，米飯是主食，在各式日本料理中皆保有
日本傳統美味，同時也結合世界各地美食文化的精華，使日本成為美
食天堂。

　　日本的餐廳處處可見，提供美食佳餚的高級餐廳與一般大眾化的
飲食料理店，價格相距很大，特色與氣氛各有千秋。雖然不同，但可
放心享受禮貌熱情的服務。

料亭
りょうてい
料亭

料亭為傳統式的日本料理店，氣
氛、裝潢、料理、美酒、服務、再
加上藝妓們的歌唱、舞蹈、三弦、
打擊樂器等表演，讓人盡情享受自
在舒暢的時光。

懐石料理
懷石料理

古時候，修行的僧侶們飲食很清淡，在寒冬的深夜裡，抱著加熱的石頭來忍受飢餓及寒冷，這就是懷石的由來。所以清淡簡單的食物稱爲「懷石」。

寿司
壽司

在 200 多年前的江戶時代，因爲當時沒有冷藏技術，所以把所抓到的魚、貝、鰻等海鮮用醋與鹽加工，再放在醋飯上食用，是當時庶民之間的流行吃法。

天ぷら
天婦羅

一開始是由基督教傳入的異國料理。江戶時代的路邊小攤，用竹籤將魚貝類串起後油炸，搭配醬汁使用，而後蔬菜、香菇、明蝦等也是油炸的材料。

すき燒き
壽喜燒

江戶時期因佛教的教諭不能吃肉，農民偷偷將肉放在鋤頭上燒來吃。一種煮法是用昆布柴魚湯，另一種為醬油、砂糖等涮煮的口味，涮煮後，沾蛋汁品嚐。

串燒き
串燒

將雞肉、雞心、雞肝等再加些蔥等蔬菜，用竹籤串起來，可抹上一些鹽或用醬油佐料，在木炭火上燒烤。日本串燒店常看到燒き鳥，這是雞肉串而不是烤小鳥。

第四單元　日本的飲酒文化　◎25

日本人習慣下班後，三、五好友成群到料理店、啤酒屋、居酒屋、路邊攤、酒吧、俱樂部等飲酒作樂，藉以消除工作的壓力。大城市裡形形色色的大小酒吧、日式酒吧，都擠滿了顧客。

一、飲酒實用單字

いざかや 居酒屋 居酒屋	ナイトクラブ 夜總會、俱樂部
スナック 日式酒店	やたい 屋台 路邊攤
ビヤホール 啤酒屋	バー 酒吧

二、日本常見酒類

(一)ビール（啤酒）

　　日本人最喜歡喝的酒。

(二)焼　酎（燒酒）

　　是用番薯、大麥、甘蔗等製成的蒸餾酒。燒酒可以純飲、加冰或製成雞尾酒。最近日本年輕世代正流行喝燒酒。

(三)酒（清酒）

　　為土產米酒，是日本酒類代表。酒鋪可以買到大瓶的清酒，

可溫熱喝也可凍飲，裝入陶瓷小酒瓶，再斟到小酒杯。無論哪一種清酒，都是日本料理的最佳搭配。

三、日本飲酒禮儀

大部分日式酒館，充滿喝酒氣氛且輕鬆愉快。同行朋友都會為對方斟滿啤酒以示友好。如果這瓶酒不是您付錢，請不要回斟，但可以用您自己的啤酒回斟。按照日本傳統禮節，大家舉杯說乾杯<ruby>乾杯<rt>かんぱい</rt></ruby>（乾杯）之後才可以喝，請注意日式乾杯是隨意，並不是台灣式的一杯見底。

喝清酒時，如果有人為您倒酒，應該先喝乾杯中剩下的酒，然後再斟滿酒接受敬酒，同時再斟滿酒回敬對方，表示禮貌。

在日本喝酒有一好處，對方不會向台灣那樣一定要您乾杯見底，要您喝醉，只要禮貌到隨意即可，喝起來比較不會有壓力。

Note

Note

國家圖書館出版品預行編目資料

觀光實用日語／魏榮進著. －－三版. －－臺北
市：五南圖書出版股份有限公司, 2023.06
面；　公分
ISBN 978-626-343-956-6（平裝）

1.日語　2.旅遊　3.會語

803.188　　　　　　　　112004040

1L46　觀光書系

觀光實用日語

作　　　者 ― 魏榮進(409.3)

發 行 人 ― 楊榮川

總 經 理 ― 楊士清

總 編 輯 ― 楊秀麗

副總編輯 ― 黃惠娟

責任編輯 ― 陳巧慈

封面設計 ― 姚孝慈

出 版 者 ― 五南圖書出版股份有限公司

地　　　址：106台北市大安區和平東路二段339號4樓

電　　　話：(02)2705-5066　　傳　　　真：(02)2706-6100

網　　　址：https://www.wunan.com.tw

電子郵件：wunan@wunan.com.tw

劃撥帳號：01068953

戶　　　名：五南圖書出版股份有限公司

法律顧問　林勝安律師

出版日期　2009年8月初版一刷
　　　　　2011年10月二版一刷
　　　　　2018年10月二版五刷
　　　　　2023年6月三版一刷

定　　　價　新臺幣280元

經典永恆・名著常在

五十週年的獻禮——經典名著文庫

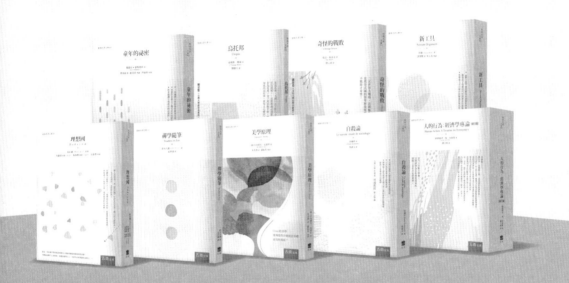

五南，五十年了，半個世紀，人生旅程的一大半，走過來了。
思索著，邁向百年的未來歷程，能為知識界、文化學術界作些什麼？
在速食文化的生態下，有什麼值得讓人雋永品味的？

歷代經典・當今名著，經過時間的洗禮，千錘百鍊，流傳至今，光芒耀人；
不僅使我們能領悟前人的智慧，同時也增深加廣我們思考的深度與視野。
我們決心投入巨資，有計畫的系統梳選，成立「經典名著文庫」，
希望收入古今中外思想性的、充滿睿智與獨見的經典、名著。
這是一項理想性的、永續性的巨大出版工程。
不在意讀者的眾寡，只考慮它的學術價值，力求完整展現先哲思想的軌跡；
為知識界開啟一片智慧之窗，營造一座百花綻放的世界文明公園，
任君遨遊、取菁吸蜜、嘉惠學子！